DER GOTT DER KRAFT

ZWEI: DIE ARES TRIBUNALE

ELIZA RAINE

Für all diejenigen, die sich nicht dazugehörig fühlen.
Du wirst deine Leute finden.

EINS

BELLA

Adrenalin kribbelte unter meiner Haut und das Portal schloss sich hinter mir. Es löschte das Licht von Erimos aus und ich blinzelte in der Finsternis. Ich hielt mein Schwert hoch vor mir erhoben. Jeder Muskel in meinem Körper war angespannt und kampfbereit.

Die Steintische, wie der, auf dem ich Joshuas Körper liegen gesehen hatte, standen in gleichmäßigen Reihen vor mir, doch nun waren sie leer. Der Raum war beleuchtet von Kerzen, die von eisernen Leuchtern an den Wänden dämmeriges Licht abgaben. Schnell sah ich mich in dem höhlenartigen Raum um. Fünf Reihen an Tischen verliefen in dem Raum, doch sie reichten zu weit in die Düsternis, um sie zählen zu können. Ich stand so bewegungslos wie möglich da und horchte, ob sich jemand mit mir in dem fensterlosen Raum befand. Doch ich war mir sicher, dass der Raum genauso leer war, wie die Tische es waren. Vorsichtig streckte ich die Hand nach einer der Tischoberflächen aus und berührte den dunklen Fleck, den ich von der anderen Seite des Portals aus gesehen hatte.

Blut.

Noch mehr Anspannung erfasste mich, und ich spürte, wie *Ischyros* Hitze in meiner Handfläche entfachte. Ich umklammerte die Waffe fester, und das Gefühl des Metalls auf meiner Haut verringerte mein Gefühl von Einsamkeit.

Du hast Ares verlassen müssen, sagte ich mir. *Du bist ihm nichts schuldig.*

Die Wut, die er durch den Verrat meines Vertrauens ausgelöst hatte, wogte in mir und stählte meine Entschlossenheit. Ich brauchte mich nicht schuldig zu fühlen. Der hinterhältige Gott hatte sich das selbst eingebrockt. Ich war hier, um meinen Freund zu retten, und genau das würde ich auch tun.

Doch der Schmerz in meiner Brust ließ nicht nach, und ich versuchte, das Gefühl des Verlustes zu verdrängen.

Zielstrebig bewegte ich mich vorwärts. Es gab hier keinen Ausgang und ich musste einen Weg aus diesem Raum heraus finden. Ich sah mich sorgfältig in meiner Umgebung um und bahnte mir einen Weg an den Tischen vorbei. Jeder noch so kleine Anhaltspunkt konnte vielleicht nützlich sein. Ich bemerkte, dass die Wände mit dunklem Holz getäfelt zu sein schienen, aber ich sah nichts anderes als Tische und flackernde Kerzen.

Mein Verstand raste. Ich versuchte mir vorzustellen, wie so viele bewusstlose Menschen aus diesem Raum bewegt worden sein konnten und wo sie jetzt sein mochten. Mit Magie war wohl alles möglich. Warum sollten mich die Könige hierher schicken, wenn es hier nichts zu finden gab?

Ein Teil von mir wusste, dass sie mir nicht helfen wollten. Das musste eine Falle sein. Doch war es ihre Absicht, mich zu töten, damit ich Ares nicht helfen konnte? Oder wollten sie mir geben, was ich wollte, damit ich Ares nicht half?

Ersteres schien die wahrscheinlichere Option zu sein und meine Schritte beschleunigten sich. Ich bedauerte meine Entscheidung jedoch nicht. Wenn es eine Möglichkeit gab, Joshua hier zu finden, wo auch immer ich hier war, dann hatte ich keine andere Wahl, als sie zu ergreifen.

Joshua war jemand, dem ich etwas schuldig war. Er war vielleicht nicht ehrlich zu mir gewesen, aber er hatte versucht, mir zu helfen. Er hat mich nicht nur benutzt, wie dieses riesige Arschloch Ares.

Schwer atmend ging ich schneller. Ich wusste, dass ich weniger darauf achtete, meine Umgebung auf etwas anderes als eine Tür oder ein Fenster zu überprüfen, aber ich wollte aus diesem düsteren Raum raus. Ich brauchte Licht und Luft und ich wollte wissen, wo ich war, und warum ich hierhergebracht worden war. Panik beschleunigte meinen Atem immer weiter und das Verlangen Joshua zu finden, vermischt mit meiner Angst, schnürte mir die Brust ab.

Erleichterung durchströmte mich, als nach ein paar weiteren Minuten endlich das Ende des Raumes in der Düsternis vor mir auftauchte. Ich joggte zu einem dunklen Torbogen, der in der Mitte der Wand eingelassen war. Er führte zu einer schmalen und ebenso dunklen Wendeltreppe, die nach oben führte. Zwei Stufen auf einmal nehmend lief ich hinauf, in der Hoffnung, dass Joshua vielleicht dort oben auf seine Rettung wartete.

Ich hatte nicht erwartet, was ich sah, als ich durch die Holztür am oberen Ende der Treppe trat.

Das hatte ich ganz und gar nicht erwartet.

Ich befand mich auf einem Schiff.

Einem kolossalen Schiff, mit glänzenden Holzplanken, Masten so hoch wie Baumstämmen und riesigen Segeln...

Mein Atem stockte, als ich zu den Segeln hinaufstarrte, die an drei Masten hingen. Sie sahen aus, als wären sie aus flüssigem Gold gefertigt, und metallisch glänzende Farben schimmerten über sie hinweg. Ein gewaltiger Windstoß peitschte über das Deck und schlug mir die Haare ins Gesicht. Ich hatte vielleicht noch nie etwas so Schönes gesehen.

Doch irgendetwas stimmte nicht. Etwas Wichtiges. Die plötzliche Erkenntnis riss mich aus meiner ehrfürchtigen Starre und ich sah mich um. Auf beiden Seiten des Schiffes schwebten Wolken vorbei. Es waren bunte Wolken, in pastellrosa und lila, versehen mit glitzernden Partikeln.

Es lag ein deutlicher Mangel an salzigem Meeresgeruch in der Luft, und mein Puls beschleunigte sich. Ich trat langsam einen Schritt aus der Tür hinaus und sah zu dem Speichenrad auf der Plattform darüber hinauf. Eine vage Erinnerung an Piratenfilme, sagte mir, dass dies das Achterdeck war. Ich schaute zum anderen Ende des Schiffes, das in einiger Entfernung lag. Es war jedoch nah genug, dass ich erkennen konnte, dass es auch dort ein identisches Achterdeck gab. Das war definitiv anders als bei den Piratenschiffen aus den Filmen.

Ich ging vorsichtig weiter, da es nicht normal sein konnte, dass ein Schiff dieser Größe scheinbar keine Besatzung an Board hatte. Aber ich sah niemanden, als ich mich der hohen Reling näherte, und vorsichtig hinüberspähte.

Mein Magen kribbelte, mein Herz polterte in meiner Brust und ich sah weiter auf die Wolken hinab. Wir flogen durch den Himmel. Dieses verdammte Schiff flog durch die Luft. Plötzlich erinnerte ich mich daran, dass Zeeva von fliegenden Schiffen gesprochen hatte, und ein Hochgefühl erfüllte mich.

Ich war auf einem fliegenden Piratenschiff.

»Das gibt es doch nicht!«, hauchte ich fassungslos und meine Worte verloren sich in den Wolken, die an uns vorbeirauschten.

Ein kaltes Gefühl überkam mich und zuerst dachte ich, es sei der Wind, der von dem Schiff erzeugt wurde, als es durch die Lüfte schwebte. Dann überkam mich eine Gänsehaut und ein eisiger Schauer jagte mir den Rücken hinunter, als es mir dämmerte, dass es sich um etwas anderes handelte. Etwas Magisches. Gleichzeitig war ich geradezu erleichtert, dass ich nicht allein auf dem Schiff war, dass es hier etwas oder jemanden gab, der mir helfen konnte, Joshua zu finden. Erwartungsvoll hob ich meine Waffe und drehte mich um.

Schatten, die vor einem Moment noch nicht da gewesen waren, krochen am mittleren Mast hinunter und dunkler Rauch schien aus den Holzplanken des Decks zu sickern. Ein würziger Geruch, der mich an Blut erinnerte, stieg mit dem nebligen Rauch auf.

»Zeig dich!«, rief ich und roter Nebel legte sich über

meine Sicht. Ein tiefer, kläglicher Schrei ertönte. Der Klang erklang von weit entfernt, aber wurde schnell lauter. Instinktiv wusste ich, dass es sich um eine Bedrohung handelte, und ich biss die Zähne zusammen. Ich wollte mir die Ohren zuhalten, aber ich behielt meine Haltung bei und bewegte mich langsam vom Geländer weg. Ich war nicht so dumm, mich in der Tiefe stützen zu lassen.

»Du machst mir keine Angst! Wir können darüber reden.«

»Reden?« Eine Stimme löste das Heulen ab. Sie war zischend, quietschend und unangenehm. »Niemand will mit mir reden.«

»Ich schon. Zeig dich.«

»Du hast wirklich keine Angst vor mir?«

»Ich weiß nicht, was oder wer du bist. Aber Angst habe ich nicht.« Das war eine Lüge. Ich fürchtete das Unbekannte weit mehr, als ich Feinde fürchtete, die ich sehen konnte. Wenn diese Rauchkreatur der Dämon der Unterwelt war, dann wäre es mir lieber, wenn sie vor mir stünde und ich mir ein Bild davon machen konnte, wie sie zu bekämpfen war.

Der pulsierende Rauch und die Schatten peitschten plötzlich auf und zogen sich vor dem Mast zusammen, nur fünf Meter von mir entfernt. Ich versuchte, sowohl die Ehrfurcht als auch die Angst, die ich fühlte, aus meinem Gesicht zu verbannen. Das Heulen setzte wieder ein, und jetzt war es noch höher und laut wie ein Schrei. Das Geräusch füllte meinen Geist mit Bildern von Trauer, Menschen, die hysterisch weinend über den Leichen ihrer Lieben standen. Die Gewissheit, dass ich bald eine dieser Leichen sein würde, krallte sich in mir fest. Es würde jedoch niemanden geben, der vor Trauer über meinem toten Körper weinen würde. Ich war allein. Ich war immer allein.

Eine Welle der Trostlosigkeit ergriff mich, und ich ließ fast meinen Schwertarm sinken, als *Ischyros* zum Leben erwachte. Wärme pulsierte vom Griff meines Schwertes durch mein ganzes Wesen und verdrängte die Dunkelheit. *Es war die Macht der Kreatur, die meine Angst verursachte; ich musste stärker sein als meine Angst.*

Doch das Wissen, dass das Gefühl durch Magie ausgelöst wurde, machte es nicht weniger beängstigend.

Flügel streckten sich langsam aus der dunklen Masse heraus. Sie waren riesig, dunkel und lederig. Ich konzentrierte mich auf sie und sah, dass sie zerrissen waren und Teile in seltsam unnatürlichen Winkeln abstanden. Dann schmolz der Rest der Schwärze weg und ließ mir einen klaren Blick auf das, was vor mir lag.

Ich hatte mich geirrt, als ich gedacht hatte, dass ich weniger Angst vor Feinden hatte, die ich sehen konnte. Diese Kreatur hätte für immer in den Schatten und dem Rauch versteckt bleiben sollen.

Sie hatte den Körper und den Kopf einer kurvigen Frau, doch der Schaden an ihren Flügeln war nichts im Vergleich zum Rest ihrer Erscheinung. Ihre Haut war geschwärzt, als wäre sie brutal verbrannt worden. Die einzige Farbe war die von klaffenden roten Wunden, die den ganzen Körper übersäten, und zusätzlich ragten verrottetes Fleisch und Knochen aus der verkohlten Haut hervor. Ihr Gesicht sah aus, als wäre es geschmolzen. Ihre Gesichtszüge hingen herunter und ihr Mund hing zu tief, so als wäre ihr Kiefer nicht mehr mit ihrem Schädel verbunden, sondern würde nur noch durch ihre verkohlte Haut an ihrem Platz gehalten. Ihr klaffender Mund ließ sie aussehen, als würde sie permanent schreien. Ihre Augen waren allerdings noch schlimmer. Sie waren tiefschwarz und völlig seelenlos. Ich hatte noch nie etwas so Erschütterndes gesehen. Selbst die leeren Züge von König Schrecken waren diesen leeren Gruben vorzuziehen.

»Du riechst nach Krieg«, zischte sie. Ihr Mund bewegte sich nicht.

Ich holte röchelnd Luft.

»Wer bist du?«

»In der Unterwelt gibt es keinen Namen für mich. Wer bist du?«

»Bella«, sagte ich. Meine Handflächen waren glitschig vor lauter Schweiß und ich konnte spüren, wie mir mehr den Rücken hinunterlief, trotz des kühlen Windes, der über das Schiff wehte. »Wo sind wir? Und wo sind die Wächter?«

»Du hast sie um ein Haar verpasst, Babygöttin.« Ein Gackern ertönte, und ich erschauderte. »Zeus braucht mich, um sie zu Ort zu Ort zu bringen.«

»Zeus? Was hat der denn damit zu tun?«

»Er hat mich befreit. Ich stelle keine Fragen, und er lässt mich Seelen haben.« Rauch waberte um sie herum auf und sie sprach das Wort *Seelen* mit kalter Erregung aus.

»Wo sind die Wächter?«, fragte ich erneut. Meine Haut kribbelte vor Adrenalin und ich hatte Mühe, meine Energie zu zügeln. Jeder Teil von mir sehnte sich danach, mich gegen dieses Wesen zu wehren, um dieser Bedrohung zu beweisen, dass man sich nicht mit mir anlegen sollte. Das war meine übliche Reaktion auf Angst.

»Du riechst köstlich. Warum bist du hier?«

Mein Magen drehte sich bei ihren Worten um.

»Die Könige des Krieges haben mich hierhergeschickt. Kennst du sie?«

Ein weiteres Gackern erklang.

»Die Könige des Krieges sind zu gütig!«, kreischte sie und der Klang ließ mich zusammenzucken. »Aber ich glaube nicht, dass mein Herr will, dass ich deine Seele nehme. Ich glaube, er hat Pläne für dich und den anderen.«

»Den anderen? Ares?«

»Aber du riechst so gut... Ich bin mir sicher, dass er sich auch einen neuen Plan ausdenken kann.«

»Was hat er vor?« Meine Muskeln spannten sich an, als sie sich bewegte und etwas näher an mich heranschwebte. Ich hatte keine Ahnung, wie ich mich gegen sie wehren sollte.

»Das geht mich nichts an. Warum ist der andere nicht bei dir?«

»Ich ... ich bin allein gekommen.« Schuldgefühle flossen bei diesen Worten mit, und ich fühlte mich als hätte ich Ares verraten und im Stich gelassen. »Sag mir, wo die Wächter sind, und zwar sofort!« Ich projizierte so viel Kraft, wie ich aufbringen konnte, in die Worte und sah, wie meine Haut aufglühte. Ich war ihr in einem potentiellen Kampf um Längen unterlegen. Ich wusste nicht, wie man gegen einen Dämon kämpft, Joshua war nirgends zu sehen, und ich konnte mich nicht mit weißen Blitzen von durch den Olymp bewegen.

Ich saß auf einem fliegenden Schiff mit einem verdammt gruseligen Dämon fest, der nach meiner Seele trachtete. Das bisschen glühender Haut war genau das, was ich jetzt brauchte.

Ein tiefes Knurren grollte über das Deck und entfernte Schreie klangen im Wind.

»Weißt du, du riechst noch besser, wenn du deine Kraft einsetzt«, zischte sie. »Wie Feuer, Stahl und Erde.«

Genauso roch Ares, wurde mir klar. Der heftige Wunsch, ihn an meiner Seite zu haben, schoss mir durch den Kopf, und ich fletschte die Zähne, wütend auf mich selbst, weil ich so schwach und unerfahren war. Doch je mehr ich versuchte, mir einzureden, dass ich die Hilfe des Kriegsgottes nicht brauchte, desto mehr wurde mir klar, wie sehr ich mich selbst überschätzt hatte. Ich spürte, wie eine Woge der Stärke durch mich floss, als meine Kraft die Angst in Wut umwandelte.

»Hör auf, mich zu beschimpfen und sag mir, wo die Wächter sind!«

»Nein. Ich fürchte, du bist zu köstlich, um dich aufzugeben, Babygöttin.« Mit einem durchdringenden Schrei, der mir gleichzeitig einen lähmenden Schmerz durch den Schädel jagte und die Brust vor Schrecken einschnürte, stürzte sie sich auf mich.

ZWEI

ARES

Ich atmete heftig ein. Mein Brustkorb zog sich zusammen, als sei er von einem Schraubstock umklammert. Ich wusste, was die Ursache für dieses neue, fremde Gefühl war. Es war Angst.

Ich fürchtete mich tatsächlich, um die Sicherheit des Mädchens. Das ging so weit, dass mein Herz nicht mehr gleichmäßig schlug, mein Puls raste und meine Kehle trocken geworden war. Mein Körper verriet mich, benahm sich kindlich, obwohl er eigentlich ruhig, fest und unbeweglich sein sollte.

Verdammt sei diese Frau!

Bella mochte zwar stark sein, aber sie konnte einem Unterweltdämon nicht alleine gegenübertreten. Sie hatte kein Training, keine Ahnung, womit sie es zu tun hatte und wie sie sich in dieser fremden Welt zurechtfinden sollte.

»Eris, wenn dir irgendetwas an mir liegt, wirst du tun, was ich verlange!«, schrie ich und meine Schwester trank langsam aus einem Metallkelch.

Ich hatte fast zwanzig Minuten gebraucht, sie zu

finden, nachdem ich von der Kampfgrube zurück nach Erimos gesprintet war, und jetzt wusste sie, dass sie mich genau da hatte, wo sie mich haben wollte. In einer verzweifelten Lage.

»Bruder, du weißt, dass ich mich für niemanden interessiere.«

»Wenn du mich zu ihr bringst, werde ich Verwüstung anrichten«, versuchte ich es. Etwas blitzte in Eris dunklen Augen auf.

»Ich liebe Verwüstung«, murmelte sie und stellte ihr Glas auf dem Holztisch ab. Ich hatte sie schließlich in einem Bordell gefunden, doch sie hatte sich geweigert, mit mir zu kommen. Ein nackter junger Mann tauchte aus dem Nichts auf und füllte ihren Kelch wieder auf, wobei er mich nervös ansah. Ich war immer noch in voller Rüstung. Eris zwinkerte ihm zu.

»Bella hasst mich im Moment«, fuhr ich fort. »Und sie wird sicher überall, wo sie auftaucht, für Ärger sorgen. Du kannst in dieser Situation nur gewinnen.«

»Die Sache ist die, Ares, ich weiß, wer hinter dem neuen Enthusiasmus der Könige steckt, dich zu Fall zu bringen. Und es ist niemand, mit dem ich mich anlegen will.«

»Wer? Wer tut das?«

»Ich habe es dir schon gesagt, ich gebe dir nichts umsonst.«

Ein weiterer Anflug von Sorge krallte sich in mein Inneres und ich knurrte. Diese invasive, nutzlose Emotion gehörte nicht in meinen Körper und ich wusste nicht, wie ich sie von mir losbekommen konnte, außer für Bellas Sicherheit zu sorgen. Und Eris war die einzige Person, die ich um Hilfe bitten würde.

»Was willst du?«

»Ich will wissen, wer sie ist, Ares.«

»Nein. Das kann ich dir nicht sagen.«

Das konnte ich wirklich nicht.

Ein weiteres infernalisches neues Gefühl flammte neben der Angst auf. Schuldgefühl. Dieses Gefühl wurde mir nun vertraut. Und die beiden zusammen... Wie zum Teufel konnten Sterbliche mit all diesen lähmenden Emotionen, die in ihnen herumschwirrten, auch nur eine einzige Sache erledigen?

»Dann kann ich nichts für dich tun, Bruder. Seinen Zorn wäre es nicht wert.«

Ich klammerte mich an ihre Worte.

»*Seinen* Zorn?«

Sie wackelte mit den Augenbrauen und ihre Augen leuchteten.

»Habe ich das gerade laut gesagt?«

»Eris, entweder sagst du mir, was du weißt, oder du schickst mich zu Bella. Ich schwöre, das Chaos wird sich für dich lohnen.«

Ich wusste, dass sie mir helfen wollte. Ich konnte den Kampf in ihrem Gesicht sehen, als sie zu mir hochstarrte.

»Gib mir etwas im Gegenzug«, sagte sie schließlich.

»Ich kann dir nicht sagen, wer sie ist.«

»Dann gib zu, dass du sie magst.«

Ich war dankbar, dass mein Helm mein Gesicht verbarg. Ich konnte spüren, wie es sich mit Unbehagen, Verlegenheit und... Erregung erhitzte. Was zur Hölle sollte diese Ansammlung von Gefühlen sein? Götter, diese menschlichen Emotionen waren endlos! Je weiter ich von Bella und ihrer Macht entfernt war, desto intensiver drangen sie in mein Wesen ein. Es war unerträglich.

Eris lachte.

»In deinen Augen liegt ganz eindeutig der Ausdruck

einer Person, die gerade bei etwas erwischt wurde, was sie nicht hätte tun sollen. Das ist ein Ausdruck, den ich nur zu gut kenne. Das reicht für den Moment, Bruder.« Sie strahlte mich an und ich zuckte wütend zusammen.

»Ich habe dir nichts gesagt! Ich habe versucht, ihr ihre gesamte Kraft zu nehmen, genau wie du es vorgeschlagen hast!«

Meine Proteste waren jedoch zwecklos. Eris Lächeln änderte sich nicht, als sie sich erhob.

»Deine Liebeshexe wird ausrasten, wenn sie davon erfährt. Ich kann es nicht erwarten! Oh, tust du mir einen Gefallen? Wenn dich jemand fragt, wer dir geholfen hat, sag nicht, dass ich es war. Sag ihnen, es war Hermes. Das wird sie verdammt noch mal verwirren.«

Mit einem weiteren gackernden Lachen wurde die Welt um mich herum weiß.

~

Die Szene, die sich mir bot, war sowohl atemberaubend als auch erschreckend, und ich war auf keines von beiden vorbereitet.

Der Anblick von Bella, die sich mit unnatürlicher Schnelligkeit über das Deck eines Schiffes bewegte, mit ihrem glühenden Schwert gezückt, war beinahe erotisch.

Aber der Höllendämon, der hinter ihr herstürmte, vor dem Licht ihres Schwertes zurückwich und dann versuchte, ihm auszuweichen, würde nicht so schnell ermüden wie Bella. Ich wusste genau, was sie war, und was sie mit Bella anstellen würde, wenn sie sie erreichte.

»Keres-Dämon!«, brüllte ich.

Die Dämonin kreischte, als sie sich zu mir umdrehte. Bella erstarrte. Schock stand ihr ins Gesicht geschrieben, und vielleicht erkannte ich auch ein Aufblitzen von Hoffnung.

»Er riecht nicht so gut wie du«, zischte die Kreatur und wandte sich wieder Bella zu.

»Kehr zurück zu Hades, sofort!«, rief ich.

Die Dämonin ignorierte mich völlig und stürzte sich mit ausgebreiteten, fauligen Flügeln auf Bella.

Ohne eine Sekunde zu zögern, zog ich an der Schnur, die uns verband, und schleuderte uns beide von dem Schiff.

DREI

»**W**as zum Teufel war das?«, rief ich Ares zu, als das Licht seines Blitzes verblasste. Mein Gehirn wollte herausfinden, wo ich war und was zur Hölle hier los war.

Mein Körper wollte alles in Stücke schlagen.

Ich hatte gewusst, dass ich sie nicht besiegen konnte. Ich spürte, wie meine Muskeln ermüdeten, der brennende Ball der Kraft in mir verebbte, und der faulige Gestank des Dämons immer stärker wurde, je näher sie mir kam. Ich wusste, dass sie mich irgendwann einholen würde und es kein Entkommen gab. Die Verweigerung, mein Schicksal zu akzeptieren, hatte mich in einen Rausch versetzt, und meine Hände brannten, als wären sie wieder in der Hydra gewesen. Meine Sicht war blutrot getränkt.

»Du hast mich verdammt noch mal verraten!«, schrie ich, als Ares Augen meine fanden, und ich wusste, dass sie wild vor Wut sein würden.

»Dann schlag mich«, sagte er.

Wie der verdammte Unglaubliche Hulk schwang ich

blindlings mein Schwert, brüllte und schrie und fluchte. Mit einem klingenden Klirren traf es immer wieder auf die Rüstung. Hitze schoss durch mich hindurch, wo ich das Schwert mit beiden Händen umklammerte, und jedes Mal, wenn es einschlug, schickte es elektrische Impulse durch meine Arme. Und sie fühlten sich gut an. Immer und immer wieder drosch ich auf ihn ein und war mir meiner Handlungen gleichzeitig kaum bewusst. Ich wusste, dass er meine Kraft benutzte, ich konnte vage spüren, wie die Verbindung in meinem Bauch pulsierte, aber es kümmerte mich nicht.

Ich schlug weiter auf ihn ein, bis meine Arme meine Klinge nicht mehr hoch genug heben konnten und mein Atem so schwer war, dass sich mein Kopf drehte.

Meine Brust hob sich, als ich das Schwert fallen ließ und Ares seine Augen auf meine richtete.

Der rote Nebel verebbte und Fragen schossen mir so schnell durch den Kopf, dass mein Schädel pochte.

»Gib mir deine Hand«, sagte Ares leise.

»Nein!«, spuckte ich. Er ergriff sie trotzdem, woraufhin ich vor Schmerz aufjaulte und *Ischyros* fallen ließ. Blasen hatten sich auf meiner Haut gebildet. Ein angenehmes Kribbeln breitete sich langsam auf meiner Haut aus und es dämmerte mir, dass er mich heilte.

Ich zog meine Hand zurück und der Schmerz kehrte sofort zurück.

»Das kann ich selbst!«, zischte ich.

Aber als ich versuchte, mich darauf zu konzentrieren, meine Wunden zu heilen, stellte ich fest, dass ich es nicht konnte. Mein Kopf war ein Durcheinander aus Frustration und Verwirrung.

»Ich habe eine verdammte Menge Fragen«, sagte ich und gab auf, mich um meine Verbrennungen zu kümmern. »Und wenn du sie nicht beantwortest, werde ich keine weitere Minute mit dir verbringen.«

Ares starrte mich einen langen Moment durch seinen Helm an, dann drehte er sich mit einem Seufzer um.

»Gut. Ich werde dir alles sagen, was ich weiß. Aber ich brauche einen Drink. Willst du einen?«

Ich blinzelte geschockt. Ich hatte einen Streit erwartet. Nicht, dass er mir einen Drink anbieten würde.

»Ja. Nektar.«

Ich war erschöpft. Körperlich und magisch fast an meiner Grenze. Ich schaute mich um, und meine Glieder begannen leicht zu zittern, da das Adrenalin immer noch durch meine Venen floss. Wir befanden uns in einem Raum, der aus Holzstämmen gebaut war. Ares machte sich auf den Weg zu einem Tresen, der neben einem großen Bücherregal an einer Wand befestigt war. Der Raum war groß und offen, mit einem Bett und Schränken an einer anderen Wand und Sofas in der Mitte. Eine kleine Küchenzeile mit einer Spüle säumte die Wand zu meiner Linken.

Ich bewegte mich langsam und setzte mich auf eine blassrosa gepolsterte Couch. Alle Möbel sahen aus, als gehörten sie in ein Altersheim.

Ares drehte sich wieder zu mir um und brachte zwei Gläser herüber. Er reichte mir eines, dann setzte er sich auf die andere Couch. Wäre ich nicht so wütend und verwirrt gewesen, hätte ich gelacht, so fehl am Platz war er in einem Raum wie diesem.

Ich öffnete meinen Mund, um ihn zum Reden aufzufordern, aber er fing an, bevor ich sprechen konnte.

»Der Dämon auf diesem Schiff ist ein Keres-Dämon. Sie sind die Geister des gewaltsamen Todes. Sie sollen die Seelen von den Schlachtfeldern holen. Ich weiß nicht, warum dieser eine die Seelen der Wächter gestohlen hat.«

»Können die Seelen zurückgegeben werden?« Meine Kehle schnürte sich zusammen, als ich die Frage stellte und Joshuas Gesicht meinen Geist erfüllte.

»Ja. Der Dämon wird sich vor Hades verantworten müssen, wenn er in die Unterwelt zurückgekehrt ist. Er wird dafür sorgen, dass die Seelen ersetzt werden.«

Das war zumindest ein Hoffnungsschimmer.

»Keres-Dämonen sind stark mit meiner... unserer Macht verbunden, weil der gewaltsame Tod mit Krieg verbunden ist. Ich hatte einen Moment lang gehofft, sie würde mir gehorchen. Aber sie ist ein außergewöhnlich starkes Exemplar ihrer Gattung.«

»Sie hat gesagt, dass sie für Zeus arbeitet«, sagte ich. »Warum?«

Ares erstarrte, dann atmete er tief durch.

»Cronos, der mächtigste und gefährlichste Titan der Welt, ist im Tartarus, in der Unterwelt, gefangen. Zeus wollte ihn kürzlich befreien, um die Welt daran zu erinnern, dass Titanen gefährlich sind. Dann plante er, ihn wieder einzufangen, um seine eigene Vorherrschaft zu beweisen.«

Ich starrte Ares an.

»Was für ein Schwachkopf. Ich nehme an, dass diese Geschichtsstunde irgendwie wichtig ist?«

Ares knirschte mit den Zähnen, fuhr aber fort.

»Es ist der Glaube der anderen Götter, dass Zeus übergroßes Vertrauen in seine Fähigkeit hatte, Cronos zu besiegen, wenn er wieder befreit würde. Der Krieg, in dem er ursprünglich gefangen genommen und eingekerkert wurde, war glorreich, aber viele mächtige Titanen hatten Cronos damals verraten, um zu gewinnen.«

»Titanen wie Oceanus?« Es war mir schon bei meiner Ankunft klar gewesen, dass Oceanus mächtiger war als die anderen. Er war offenbar der Einzige, der Ares Macht wiederherstellen konnte.

»Ja. Und Prometheus, und Atlas. Diese Titanen sind inzwischen verschwunden, nachdem sie von Zeus aus dem Olymp verbannt wurden. Oceanus kehrte erst vor ein paar Monaten zurück. Hades hat Oceanus sein eigenes Reich geschenkt, damit er darüber herrschen kann.«

Ich holte tief Luft.

»Und das hat deinen lieben Vater verärgert?«

Zorn funkelte in Ares Augen auf.

»Verständlicherweise! Er ist der Herrscher über den Olymp, und Hades hatte nicht das Recht, die Regeln zu brechen. Es ist uns nicht erlaubt, neue Reiche zu erschaffen.«

»Komm zur Sache«, sagte ich. Ich war immer noch wütend auf dieses Arschloch, und ich musste wissen, was das alles mit Joshua und dem Dämon zu tun hatte.

»Ja, es hat Zeus verärgert. Sein Plan scheiterte, denn Hades und Persephone schafften es, Cronos gefangen zu halten. Der Rest von uns stellte sich Zeus entgegen und... Du weißt, was danach geschah.«

»Er hat dir deine Macht genommen und hat sich verpisst.«

Ares atmete wütend aus.

»Ja, wenn du es so ausdrücken musst. Ich weiß nicht, was Zeus mit der Magie der Wächter will.« Er verfiel in nachdenkliches Schweigen.

»Warum sollte er so viele von ihnen brauchen? Da waren Hunderte von Tischen in diesem Raum.« Das erinnerte mich schmerzlich daran, dass ich Joshua völlig vergessen hatte. Ich nahm einen Schluck Nektar und schluckte meine Scham und Enttäuschung hinunter.

»Natürlich!« Ares Ausruf ließ mich zusammenzucken, und ich fluchte. »Das ist der Grund, warum keiner der Götter Zeus finden kann. Er benutzt die Magie der Wächter, um sich zu verstecken!«

»Was?«

»Wächter verstecken Magie vor Sterblichen. Das ist ihre Aufgabe und Macht. Sie verbergen Kraft. Ich glaube, Zeus benutzt den Dämon, um die Seelen der Wächter zu stehlen, und dann benutzt er ihre Maskierungsmagie, um sich vor den anderen Göttern zu verstecken.« Bewunderung lag in seiner Stimme.

»Wenn das, was du gerade gesagt hast, wahr ist, wird Zeus den Dämon nicht aufgeben wollen. Warum wurde er dann den Herren des Krieges als Preis für die Tribunale angeboten?«

»Ich weiß nicht, was das mit den Königen zu tun hat. Aber wenn Zeus genug Seelen hat, wird er den Dämon nicht mehr brauchen.«

»Ach so.« Ich nahm einen weiteren Schluck von meinem Nektar. Ares hatte sein Getränk nicht angerührt. Das konnte er auch nicht. Sein Helm war noch aufgesetzt. Bei dem Gedanken an sein Gesicht, pochte ein neuer Schmerz durch meine Mitte, ein Schmerz, der ganz aus Emotionen geboren war.

»Warum hast du mir das angetan? Warum hast du versucht, mir meine Kraft zu entziehen?«, fragte ich und meine Stimme war kaum hörbar. Ich ließ meinen Blick sinken, unfähig, ihm in die Augen zu sehen, und nicht wieder die Beherrschung zu verlieren.

»Ich habe es dir schon gesagt. Ich dachte, es wäre der schnellste Weg, um zu gewinnen.«

»Bist du wirklich so egoistisch? So grausam?«

Es herrschte eine lange Stille, die so lange anhielt, dass ich nicht anders konnte, als zu ihm aufzuschauen.

Seine Augen waren voller Emotionen, voll von Traurigkeit und Zweifel. Doch als meine Augenbrauen überrascht in die Höhe schossen, entleerten sie sich vollständig, als wären kalte Mauern um ihn herum nach unten gestürzt und hätten seine brennenden Iriden ersetzt.

»Ja.«

Der Hoffnungsschimmer in mir wurde genauso schnell wieder ausgelöscht. »Dann werde ich dir nicht helfen.«

»Wenn du deinen Freund zurückhaben willst, hast du keine Wahl.«

»Ich habe immer eine verdammte Wahl!«, sagte ich laut. »Immer!«

Aber das hatte ich nicht, und das wussten wir beide. Er hatte recht. Ich konnte mich nicht durch die Gegend zaubern, ich wusste nicht, wie ich zurück zum Schiff kommen sollte, und ich wusste auch, dass ich den Dämon nicht alleine besiegen konnte. Sie war viel zu mächtig.

Ares hatte recht. Ich hatte keine Wahl.

VIER

BELLA

Bevor der Kriegsgott ein weiteres Wort sagen und ich wieder ausrasten konnte, sprang ich auf.

»Wo ist das Bad?«

Er zeigte stumm auf eine der beiden Türen im Raum und ich marschierte darauf zu, immer noch meinen Nektar umklammernd. Ich schlug die Tür hinter mir zu, sobald ich den winzigen Raum betreten hatte, und lehnte mich mit dem Rücken dagegen. Sich vor dem Kriegsgott im Badezimmer zu verstecken wurde anscheinend zur Gewohnheit. Ich stöhnte auf.

Ich konnte Ares nicht dafür verzeihen, was er in der Kampfgrube zu tun versucht hatte. Zu brutal hatte er mein Vertrauen missbraucht. Aber ich hatte auch nicht mehr die Kraft, ihn zu hassen. Ich hatte seine Augen gesehen, als ich ihn fragte, warum er es getan hatte, und ich war mir sicher, dass ich mir nicht eingebildet hatte, was ich in ihnen gesehen hatte, als er dachte, ich würde nicht hinsehen. Genauso wie ich mir das Feuer, die Trommeln oder die Hitze nicht eingebildet hatte, als wir uns geküsst hatten.

Ich konnte nicht glauben, dass er nur aus Egoismus oder Grausamkeit gehandelt hatte. Wenn er das getan hätte, wäre die Kälte von Anfang an da gewesen, als ich ihn ansah, und hätte nicht etwas Tieferes verbergen müssen, als meine Augen auf seine getroffen waren. Es steckte mehr in dem Kriegsgott, als er zeigte. Es war ihm *nicht* egal. Da war ich mir fast sicher.

Vielleicht hatte ich zu viel Vertrauen in einen Blick gesetzt. Vielleicht wollte ich nur, dass er ein besserer Kerl war, als er es tatsächlich war.

Ich stieß mich von der Holztür ab, stellte mein Getränk auf dem winzigen Porzellanwaschbecken ab und spähte in das, was ich für die Dusche hielt. Sobald ich näherkam, begann Wasser von der dunklen Decke zu regnen. Mit einem Seufzer begann ich, mich aus meinen Ledersachen zu schälen. Ich nahm mir einen Moment Zeit, die verbliebenen Blasen an meinen Händen zu heilen. Meine rasenden Gedanken hatten sich so weit gelegt, dass das jetzt möglich war. Diese Handlung beruhigte meine Wut und mein Erstaunen darüber, dass ich solche Fähigkeiten hatte, war zu beeindruckend, als dass ich es ignorieren konnte. Ich wusste nicht einmal, woher die Blasen gekommen waren.

Sobald ich unter das warme Wasser trat, begannen meine angespannten Muskeln sich zu entspannen und meine Gedanken beruhigten sich, so dass ich beginnen konnte, Fakten von Emotionen zu trennen.

· · ·

Als ich damit fertig war, mich sauber zu schrubben, war meine Liste »Scheißkram, von dem ich jetzt sicher weiß, dass sie Tatsachen sind«, sowohl vom Inhalt als auch von der Länge her deprimierend. Ich hatte es nicht geschafft, Joshua zu retten. Ich hatte versagt. Und schlimmer noch, das Wesen, das ihn entführt hatte, sei es Zeus oder der Dämon, war mächtiger als ich. Die Herren des Krieges hatten mich absichtlich in den Tod geschickt, vermutlich in dem Bestreben, Ares zu töten oder zu beherrschen.

Es schien kein Weg daran vorbeizugehen, dass Ares und ich zusammenarbeiten mussten, um die Könige des Krieges zu besiegen. Die einzige Möglichkeit, meinen Freund zu retten, bestand darin, ihre verdammten Tribunale zu durchlaufen.

Es gab viele Dinge, die auf meiner Liste fehlten, und jetzt, wo meine Wut nachgelassen hatte, musste ich weitere Fragen stellen. Ich musste herausfinden, wo zur Hölle wir waren, wo Zeeva war, wie Ares mich gefunden hatte und wie ich in der Lage gewesen war, das zu tun, was ich in der Kampfgrube von König Schmerz getan hatte. Die Erinnerung an meine Kraft, die während des letzten Kampfes eingesetzt hatte, war mit voller Wucht zurückgekehrt und ich musste wissen, wie ich sie wieder spüren konnte. Zeeva hatte gesagt, dass ich Magie brauchte, um im Olymp zu bleiben, und jetzt, wo ich einen Vorgeschmack darauf bekommen hatte, wie mächtig ich sein konnte, wollte ich definitiv mehr davon.

So viele Fragen. Und ich fürchtete mich davor, dem Mann gegenüberzutreten, der die Antworten kannte.

Ich wickelte mein jetzt langes Haar in ein Handtuch und zog mich an. Ruhig trank ich den Rest meines Nektars und atmete ein paar Mal tief durch, bevor ich das Badezimmer verließ. Ich musste Ares ohne Vorurteile begegnen. Ich konnte ihm nicht trauen, aber wenn ich mit ihm arbeiten musste, würde ich es lieber in dem Glauben tun, dass er mir wirklich helfen wollte.

»Kann ich noch einen Drink haben?«, fragte ich und schlenderte so lässig wie möglich in den Raum. Ares stand sofort auf, und ich stockte. Sein Helm und seine Rüstung waren weg, und das goldene Band über seiner Stirn war das einzige verbliebene Metall an seinem Körper. Sein weiches Haar war zurückgebunden und die harten Züge seines Gesichts wurden durch die losen Strähnen nur noch mehr betont. Seine Lippen teilten sich und ein Blitz von etwas, das sich meiner Kontrolle völlig entzog, traf mich in meinem Innersten.

Werde ja nicht rot, sagte ich mir krampfhaft.

Erbarmungslos wandte er sich von mir ab und ging zum Tresen.

»Wo sind wir hier?«

»Im Reich von Panik, Dasos.«

»Wo ist Zeeva?«

»Keine Ahnung.«

Ich sackte auf der rosafarbenen Couch zusammen.

»Wie bist du auf das Schiff gekommen?«

»Das spielt keine Rolle.«

Ich verdrehte die Augen. »Jemand hat dir geholfen. Und basierend darauf, was ich bisher über deine Bereitschaft, um Hilfe zu bitten, erfahren habe, muss es sich entweder um Zeeva oder deine Schwester handeln. Und wenn du nicht weißt, wo Zeeva ist...«

»Also gut. Es war Eris.« Ich sah ihn kopfschüttelnd an. »Warum nicht gleich? «

Er reichte mir ein Glas tiefroten Weins. Er trug ein

Leinenhemd mit breitem Kragen und mir wurde klar, dass es das erste Mal war, dass ich ihn vollständig bekleidet gesehen hatte. Die ganze Zeit, die wir zusammen waren, war er mit nacktem Oberkörper herumgelaufen oder war in seine riesige goldene Rüstung gehüllt gewesen.

Irgendwie war es schlimmer, die glatte Haut seiner Brust, seinen steinharten Bizeps und seine schön definierten Bauchmuskeln nicht sehen zu können. *Um Himmels willen, was zum Teufel war los mit mir?*

»Ich hasse dich immer noch«, sagte ich ihm, als ich den Wein annahm.

»Ich weiß. Deshalb lasse ich dich wie einen gewöhnlichen Proleten trinken«, grinste er mich an. »So gewinnt man doch die Gunst eines Menschen zurück, oder nicht?«

Ich starrte ihn an. »Ja, aber du solltest es tun, weil du wiedergutmachen willst, was du getan hast, oder um zu beweisen, dass du eigentlich ein anständiger Mensch bist. Nicht, weil du es musst. Du hast keine Ahnung, wie es ist, mit normalen Menschen zu interagieren, oder?« Mir wurde die Wahrheit der Worte bewusst, als ich sie aussprach.

»Ich interagiere mit vielen Menschen«, sagte er unwirsch und setzte sich auf die andere Couch.

»Götter und Monarchen«, spöttelte ich. »Ist das, was du für normale Menschen hältst?«

»So etwas wie Normalität gibt es im Olymp nicht«, sagte er leise und trank aus seinem eigenen Glas. Ironischerweise war das das Normalste, was ich ihn je hatte tun sehen.

»Weißt du, ich glaube, du bist völlig verblendet«, sagte ich ganz sachlich.

»Was?«

»Ich glaube, du bist so weit von allem Realen entfernt, so sehr von deiner göttlichen Macht eingenommen, dass du blind bist für alles Gute in der Welt. Besonders in einer Welt wie dieser.«

Er warf mir einen herablassenden Blick zu.

»Du weißt nichts über diese Welt. Ich kann dir versichern, du irrst dich gewaltig.«

Ich zuckte mit den Achseln.

»Ich werde schon bald mehr über diese Welt wissen. Und ich wette mit dir, dass es mir verdammt viel Spaß machen wird. Hundertmal mehr, als du irgendetwas genießt.«

Er gab ein genervtes Bellen von sich.

»Ich bin durchaus in der Lage, Dinge zu genießen. Nur nicht deine Bekanntschaft oder diese verfluchte Situation!«

»Charmant wie immer«, murmelte ich. »Was macht dir also Spaß?«

Er blickte weg, und Unbehagen flackerte in seinen Augen. Ich wusste, woran er dachte. Aphrodite. Unbehagen breitete sich in mir aus, und ich schluckte meinen Trunk herunter.

»Die Schiffe«, sagte er plötzlich. »Ich mag es, auf dem Deck eines Schiffes zu sein.«

Ich klammerte mich fest an seine Worte und war erleichtert, über etwas zu reden, das nichts mit der Göttin der Liebe zu tun hatte.

»Schiffe! Ja, Schiffe sind toll. Obwohl ich nicht allzu viel mitbekommen habe. Ich war ein bisschen abgelenkt.« Ich wusste, dass ich mich um Kopf und Kragen redete, fuhr aber trotzdem fort. »Fliegen hier alle Schiffe? Warum hatte das eine zwei Räder?«

»Die Sonnensegel saugen die Energie aus dem Licht auf, das heißt, wenn es hell ist, können sie alle fliegen. Es gibt die verschiedensten Arten von Schiffen und dieses hier war die größte Klasse. Es wird Zephyr genannt. Es hat zwei Achterdecks, einfach weil es so groß ist.« Ares schien genauso erleichtert zu sein, über etwas anderes als Aphrodite zu reden, wie ich, und ich konnte nichts gegen die grenzenlose Neugier tun, die in mir aufstieg.

»Welche anderen Schiffstypen gibt es noch?«

»Seitenwinde, Tornados, Wirbelwinde.«

»Ich will sie alle sehen«, hauchte ich. Ares Mundwinkel zuckte.

»Mit ihnen reisen wir zwischen den verschiedenen Reichen. Athene und Zeus haben Himmelsreiche, also müssen wir fliegen können, um sie zu erreichen. Die meisten anderen Reiche sind Inseln im Ozean. Hephaistos hat ein Reich im Inneren eines Vulkans und das von Poseidon ist unter Wasser.«

Eine Sehnsucht, die so intensiv war, dass meine Brust schmerzte, baute sich in mir auf, als ich versuchte, mir vorzustellen, was er beschrieb.

»Werden sie alle von Königen und Königinnen regiert?«

»Nein. Mein Reich ist dahingehend einzigartig. Sein Reich in Königreiche aufzuteilen und auch das abwechslungsreiche Klima sind außergewöhnlich. Nur Apollons Reich kann sich mit meinem Reich messen, was das extreme Wetter angeht.« Stolz schwang mit seiner Aussage mit.

»Wie sieht es in den Himmelsreichen aus?«

»Zeus wohnt auf dem Gipfel des Olymps, und die wohlhabenden Bürger leben in Villen aus Glas, die in einem Ring aus Wolken um den Gipfel des Berges liegen.

Athenes Reich ist industriell. Es besteht aus hunderten von Plattformen, die durch Brücken miteinander verbunden sind. Sie ist eine der wenigen Götter, die für jeden Bürger in ihrem Reich sorgt, daher ist es überfüllt und hat viele Orte, die bezahlte Arbeit und ähnliches anbieten.«

Er runzelte die Stirn, als er die Worte sagte, und ich fühlte einen Stich der Verärgerung.

»Hast du gar kein Interesse daran, für die Menschen in deinem Reich zu sorgen?«

Er zuckte mit den Schultern.

»Sie gehen mich nichts an.«

Ich schüttelte den Kopf.

»Du bist kein Herrscher, Ares. Du bist nur der Besitzer eines sehr großen Spielzeugs.« Seine Züge verfinsterten sich und Funken sprühten in seinen Augen, aber ich war frustriert genug, dass ich zum Glück keine Trommeln hörte. »Es gibt einen Unterschied zwischen dem Besitz von Land und dem Besitz von Untertanen. Die Versorgung der Menschen in deinem Reich einfach an andere abzugeben, ohne sich einen Dreck um die Konsequenzen zu scheren, ist kein Herrschen.«

»Ich habe nie behauptet, ein Herrscher zu sein. Ich bin ein Gott«, spuckte er. »Der Gott des Krieges. In meinem Reich herrschen die Stärksten, und sie verdienen sich das Recht zu herrschen, wie es ihnen gefällt. So ist es, und so sollte es auch sein.«

»Da bin ich anderer Meinung. Ich schlage nicht vor, dass du das Reich des Widders umgestaltest, dass es weniger gefährlich ist, oder man nicht mehr um Macht kämpfen kann, aber es gibt viele Dinge, die du in Angriff nehmen könntest, um das Leben für deine Untertanen besser zu gestalten.«

»Es geht schon wieder um die Sklaven, oder nicht?«, sagte er und seine Augen verengten sich zu schmalen Schlitzen.

»Beim Kämpfen sollte es um Ruhm und Ehre gehen, besonders im Reich des Kriegsgottes. Nicht um den Verlust von Freiheit und Geld.«

Ares hielt inne, mit seinem Glas auf halbem Weg zu seinem Mund. Seine Augen legten sich auf mich und sie funkelten immer noch, aber jetzt mit etwas anderem als Wut. Interesse, dachte ich hoffnungsvoll.

»Du meinst also, dass es keinen Ruhm bringt, einen Kampf zu gewinnen, zu dem man gezwungen wird?«, fragte er langsam.

»Ja. Wenn du ein Reich voller Ruhm haben willst, ist die Sklaverei nicht der richtige Weg das zu erreichen.«

»So habe ich darüber noch nicht nachgedacht. Das Gefühl, als ich gestern als Sterblicher gekämpft habe...« Ich errötete sofort, die Erinnerung an den Kuss, der auf diesen Kampf folgte, ließ sich nicht verdrängen. Doch Ares fuhr fort. »Menschen würden allein für dieses Gefühl kämpfen. Es war glorreich.«

»Genau«, murmelte ich und nahm einen Schluck Wein.

»Glorreich. Süchtig machend. Du könntest die Gruben füllen, ohne den Menschen die Freiheit zu nehmen.« Ich sah ihn von der Seite an und meine Wangen brannten immer noch heiß. Er nippte langsam an seinem Glas, offensichtlich tief in Gedanken versunken.

Warum fühlte ich mich so zu einem Mann hingezogen, der die geistigen Fähigkeiten eines Teenagers hatte? Allein ein heißer Körper sollte nicht ausreichen, um dieses Maß an Reaktion hervorzurufen, wenn er im Grunde ein Idiot war.

Weil du weißt, dass er sich ändern kann. Du weißt, dass er erkennen muss, was er jetzt im Moment noch nicht nachvollziehen kann.

Ich schüttelte den Kopf bei dem Gedanken. Ich wusste, dass Menschen, die versuchten, andere zu ändern, immer enttäuscht wurden. Nicht aus eigener Erfahrung, aber aus den vielen Theaterstücken, die ich gesehen hatte. Menschen konnten Fehler korrigieren, bessere Menschen werden, sicher. Das war die Botschaft hinter unzähligen Shows und Filmen.

Aber zu ändern, wer sie tatsächlich waren? Das war unmöglich.

Doch ich konnte meine Überzeugung, dass mehr hinter Ares steckte, nicht aufgeben. Ich beobachtete, wie der Mann über etwas nachdachte, das er ein paar Tage zuvor noch rundweg abgelehnt hatte. Aber bedeutete die Tatsache, dass er noch nie über die Fairness seines Reiches nachgedacht hatte, nicht, dass er die schlimmste Art von Herrscher war, die man sich vorstellen konnte?

Meine Gedanken schweiften zu den vielen schrecklichen Orten ab, an denen ich meine Zeit verbracht hatte, vom Gefängnis über die Untergrundkämpfe und Glücksspielringe bis hin zu den gottverlassenen Pflegefamilien, die ich durchlaufen hatte. Wenn ich zu lange an einem dieser Orte geblieben wäre, was wäre vielleicht aus mir geworden? Ich wusste, dass der Sinn für Gerechtigkeit und die Empathie, die mir durch Theaterstücke und Musik eingeflößt wurden, irgendwann ausgelöscht worden wären. Die Gewalt in mir, das Bedürfnis nach Konfrontation und

Sieg, hätte alles andere übertönt, wenn ich diesen Menschen und dieser Umgebung nicht entflohen wäre.

Kann man jemandem vorwerfen, dass er zu einem Produkt seiner Umgebung wird? Meine Rettung war es, in Bewegung geblieben zu sein, die Zeit begrenzt zu haben, die ich an den Orten verbrachte, die das Schlimmste in mir hervorriefen. Aber Ares war ein verdammter Gott. Wo sollte er denn hingehen? Wie konnte er bessere Gesellschaft wählen, oder gar allein sein?

Ich dachte an sein Gesicht, das von der Euphorie des Kampfes mit der Hydra erhellt war. Seine Macht hatte ihm dieses Gefühl für Jahrhunderte verwehrt. Vielleicht hatte seine Macht ihm auch andere Gefühle verwehrt.

Vielleicht war da wirklich mehr in ihm.

Oder vielleicht klammerte ich mich nur an die Hoffnung, dass meine körperliche Anziehung zu ihm dadurch gemildert werden könnte, dass er kein Arschloch war.

FÜNF

BELLA

Wir tranken unseren Wein schweigend zu Ende. Ich wollte nach meiner Kraft fragen, nach dem Dämon und was wir im nächsten Tribunal erwarten konnten, aber die Müdigkeit hatte mich übermannt und auch Ares sah erschöpft aus. Ich beschloss zu warten, bis ich wieder die Energie hatte, um ihn so lange zu piesacken, dass er meine Fragen beantwortete und somit stand ich auf und streckte mich.

»Ich gehe ins Bett«, verkündete ich.

Wir schauten beide auf das schäbige Bett an der Wand.

»Weißt du noch, was du darüber gesagt hast, wie man die Gunst von jemandem zurückgewinnt, den man verärgert hat?«, fragte ich.

Ares starrte zu mir hoch.

»Ja?«

»Nun, ein Weg wäre, mir das Bett zu überlassen.«

Er blinzelte mich an.

»Aber wo soll ich dann schlafen?«

Der Mann war eindeutig ein Idiot.

»Ich weiß es nicht und es ist mir auch scheißegal.«

Ares sah mich finster an, widersprach mir aber nicht.

»Gut. Ich werde auf der Couch schlafen.«

»Siehst du, geht doch.«

Ich zähmte den winzigen Teil von mir, der ihm anbieten wollte, das eigentlich ganz passable Bett zu teilen. Selbst wenn er eine solche Einladung annehmen würde, was ich nicht glaubte, war das die dümmste Idee überhaupt. Ich wünschte mir nur, dass mein Körper ausnahmsweise mit meinem Kopf übereinstimmen würde.

Ich schlief schlecht, und Albträume über Feuer und klingendem Stahl weckten mich regelmäßig. Jedes Mal, wenn ich aufwachte, schaute ich hinüber zu Ares riesiger Gestalt, die auf dem Boden lag, aber er rührte sich nicht. Er hatte nicht auf die Couch gepasst und sich, begleitet von einer Menge Grunzen und gemurmelten Flüchen, für den Teppich entschieden. Ich fühlte mich in dem bequemen Bett nicht im Geringsten schuldig. Ich hatte vor, ihn genauso zu verärgern, wie er mich verärgert hatte.

Ich wusste, was mich wachhielt. Der Keres-Dämon hätte mich besiegt. Und dann hätte sie mir entweder meine Seele gestohlen oder mich getötet. Ich war mir nicht sicher, was schlimmer war. Ich hatte es bisher nur mit wenigen Konkurrenten zu tun gehabt, die stärker waren als ich, und mit keinem, dem ich so sehr unterlegen war. Das Wissen, dass sie da draußen war, machte mich unruhig.

Dass Aphrodite ihre Macht gegen mich eingesetzt hatte, war schlimm genug gewesen, besonders, dass sie mich mit einem Blick niederstrecken konnte. Sogar Ares,

der kaum Macht hatte, hatte es geschafft, Magie einzusetzen, um mir die Beine unterm Hintern wegzuziehen.

Ich musste stärker werden. Ich konnte nicht länger
der Schwächste in diesem beschissenen Spiel sein, sonst
würde ich nicht überleben.

~

*»Wach auf, Schlafmütze.« Die Stimme meiner Katze
drang durch meinen Kopf und ich setzte mich mit einem
Ruck auf.*

*»Zeeva!« Sie saß am Ende meines Bettes, den Schwanz
fein säuberlich um ihren Hintern geschlungen. Ich ließ
meinen müden Blick über den Teppich schweifen, aber
Ares war nicht da.*

*»Er ist im Bad.« Das Bild von Ares, nackt unter der
Dusche, drängte heißes Blut in meine Wangen.*

*»Wo zur Hölle bist du gewesen?«, schnauzte ich Zeeva
an und rieb mir die Augen.*

*»Du und Ares brauchtet etwas Freiraum, um eure
Differenzen zu klären«, antwortete sie kühl. Ich hob meine
Augenbrauen.*

»Schwachsinn.«

*Zeeva schwoll an und ihr ganzer Körper glühte, beson-
ders ihre Augen. Eine löwengroße Katze türmte sich über
mir auf und ich widerstand der Versuchung mich unter
die Decke zu verkriechen.*

*»Sprich nicht so mit mir, Enyo.« Ihre Stimme hallte
heftig in meinem Kopf, und war genauso einschüchternd
wie ihre Gestalt.*

*»Okay, okay, beruhige dich«, sagte ich und hielt beide
Hände in die Höhe. »Es tut mir leid, dass ich dich
beschimpft habe.« Langsam schrumpfte sie wieder.*

»Ich wusste nicht, wohin die Herren des Krieges dich geschickt hatten, aber ich habe deine Magie gespürt, als du zurückgekehrt bist und bin direkt hierhergekommen. Ich habe dein Gespräch mit Ares über den Dämon und das Schiff mitgehört und es an Hera weitergeleitet. Seitdem bin ich hier bei dir.«

»Oh!«, sagte ich. »Ähm, danke. Aber wenn du dich vor mir versteckst, kannst du es mir nicht wirklich verübeln, dass ich denke, du hättest mich einfach im Stich gelassen.« Ich konnte mir den weinerlichen Ton in meiner Stimme nicht verkneifen. Zu vermuten, dass ein hochnäsiges Haustier einen nicht mochte, war eine Sache. Plötzlich in der Lage zu sein, zu kommunizieren und herauszufinden, dass das tatsächlich der Fall war, eine andere.

»Ich wollte mich nicht in deine Versöhnung mit Ares einmischen.«

Ich schnaubte.

»Versöhnung? Wohl kaum. Der Mann ist ein-«

Sie schnitt mir das Wort ab, bevor ich den Satz beenden konnte.

»Bella, du dringst zu ihm durch.«

»Was?«

»Er hat gestern Abend über deine Worte nachgedacht, anstatt sie abzutun. Ich glaube, sein Mangel an Macht hat etwas in ihm geweckt, und das kannst du ausnutzen.«

Ich neigte meinen Kopf der Katze entgegen. Sie bestätigte, was ich gehofft hatte. Dass er zumindest in der Lage war, sich zu verändern. Aber...

»Was meinst du mit ausnutzen?«

Die Katze wedelte mit dem Schwanz und ihre Augen bohrten sich in meine.

»Erzähl mir genau, was auf dem Schiff passiert ist«, sagte sie schließlich.

»*Nur wenn du mir* einen *Kaffee* besorgst.«

»*Erzähl es mir*«, *wiederholte sie, und ich verdrehte die Augen und schob die Decke zurück. Ich erzählte ihr alles, was passiert war und zog mich an. Zeeva drängte mich, mich auch an die winzigsten Details zu erinnern. Als ich damit fertig war, die Erinnerung wieder durchlebt hatte, völlig nutzlos zu sein und Joshua so nahe zu sein, ihn jedoch trotzdem zu enttäuschen, war ich wieder wütend.*

»*Es ist, wie ich dachte. Ares hat dir das Leben gerettet.*«

»*Was?*« Ich starrte die Katze an.

»*Er hat dich aus dem Schiff gerettet und muss Eris für ihre Hilfe etwas gegeben haben. Ohne Ares wärst du jetzt wahrscheinlich nicht mehr am Leben.*«

Zeevas Worte schlugen wie ein Hammer in mich ein. Wie zur Hölle war es mir noch nicht in den Sinn gekommen, dass ich dem brutalen Kriegsgott mein Leben verdankte?

Meine anschwellende Wut ließ die aufkeimenden Schuldgefühle jedoch sofort wieder verglühen.

»*Er hat mich gerettet, weil ich seine einzige Machtquelle bin, und aus keinem anderen Grund.*«

»*Da wäre ich mir nicht so sicher.*«

»*Weißt du etwas, was ich nicht weiß?*«, *fragte ich sie, zog mein Haar zu einem Dutt zusammen und benutzte ein Band aus meinem Rucksack, um ihn zu fixieren.*

»*Eine ganze Menge.*«

Ich schenkte ihr ein sarkastisches Lächeln. »Ohne *Zweifel. Ich dachte speziell an Ares.*«

»*Ich habe einen Verdacht.*«

»*Wie immer, danke für nichts*«, *murmelte ich.*

»*Du wirst mir irgendwann schon noch danken*«, *sagte sie.*

»Ich möchte mehr Magie lernen«, sagte ich und stemmte die Hände in die Hüften.

»Gut. Aber ich kann dich nur bedingt lehren. Ich verfüge über eine andere Macht als du. Deine ist anders.«

»Kriegsmagie?« Sie nickte ihren katzenhaften Kopf. »Aber Ares wird mir nicht helfen.«

»Er könnte es aber.«

Ich verzog das Gesicht.

»Ich will seine Hilfe nicht.«

»Sei nicht kindisch.« Ich fletschte die Zähne, aber das Geräusch der sich öffnenden Waschraumtür hinderte mich daran, sie zu beschimpfen.

Ares betrat den Raum, in voller Rüstung, doch ohne seinen Helm. Er nickte Zeeva zu.

»Wie ich sehe, bist du zurück, jetzt wo die Gefahr vorbei ist«, sagte er. Trotz der Tatsache, dass ich genau dasselbe über die Abwesenheit der Katze gesagt hatte, verteidigte ich sie.

»Was Zeeva tut, geht dich nichts an«, sagte ich hochmütig, dann marschierte ich an ihm vorbei ins Bad.

Überrascht und erfreut wurde ich bei meiner Rückkehr von dem Geruch von Kaffee empfangen.

»Zeeva sagte, du magst diesen Dreck«, grinste Ares und hielt mir einen großen Becher hin. Ich nahm ihn ihm ab und atmete tief ein. Ich hatte gespürt, wie er meine Kraft benutzt hatte, während ich im Bad gewesen war.

»Hast du ihn extra für mich geholt?«, fragte ich.

Ares nickte.

»Danke. Ich könnte mich an diese Gesten deiner Sühne gewöhnen, vor allem, wenn sie mit Wein und Kaffee verbunden sind.«

Ares Nase rümpfte sich und sein Gesichtsausdruck war ganz und gar nicht göttlich. Ich konnte mir ein Lächeln nicht verkneifen.

»Kaffee ist selten im Olymp. Er ist teuer und schmeckt unangenehm.«

Ich lachte glucksend.

»Kaffee hält die Welt in Schwung.«

»Nicht im Olymp.«

»In meiner Welt ist er eine Notwendigkeit und ein Menschenrecht.«

Ares öffnete den Mund, um zu antworten, aber ich hörte die Worte nicht.

Eine schreckliche, schleichende Kälte zog über meine Schädeldecke und meine Sicht wurde pechschwarz. Ich schrie auf, ließ den Kaffee fallen und ballte augenblicklich meine Hände zu Fäusten.

»*Die kleine Bella hat ganz schön viel Kriegsmagie*«, flüsterte eine entzückte Stimme, tief in meinem Kopf.

»Wer ist da?« Ich schrie die Worte laut heraus und die Angst vor der unsichtbaren Bedrohung erfasste meinen ganzen Körper. Wie sollte ich etwas in meinem Kopf bekämpfen? Ich erinnerte mich an Zeevas Training, zog an meiner Kraft und versuchte, eine Mauer um meinen Geist zu errichten. Doch nichts geschah.

»Beruhige dich, Babygöttin. Es ist nur dein freundlicher König des Krieges, Panik.«

Ich verschluckte mich. Der Dämon hatte mich auch Babygöttin genannt. Wut sickerte durch meinen Körper.

»Verpiss dich aus meinem Kopf.« Noch mehr Kälte glitt mir in den Nacken, und das Gefühl, als würde ein großes Band aus Eis um meinen Kopf gewickelt werden, nahm Überhand. Meine Sicht war immer noch dunkel, aber Flammen flackerten jetzt an den Rändern auf.

»Ich komme nur kurz vorbei, um euch zu sagen, dass in einer halben Stunde die Ankündigung des nächsten Tribunals stattfinden wird. Ares weiß, wo ihr beide hinmüsst.«

Im Nu war das enge Band aus Eis verschwunden, und der Raum erschien wieder um mich herum. Ares starrte mich mit zusammengekniffenen Lippen an. Ich holte unsicher Luft.

»Das war einer der Könige«, sagte er leise.

»Ja. Warum ist das so anders, als wenn Zeeva in meinem Kopf mit mir spricht? Alles wurde dunkel und mein Kopf wurde seltsam kalt.« Ich legte beide Hände an den Kopf und erwartete fest, dass sich mein Haar eisig anfühlen würde. Das tat es aber nicht. »Warum konnte ich ihn nicht aus meinem Kopf verbannen?«

Ares warf Zeeva einen Blick zu, die nun neben ihm auf dem Teppich saß.

»Du wirst immer stärker. Und du teilst die Macht mit den Königen des Krieges. Solange du in meinem Reich bist, kann jeder, der die Macht des Krieges hat, mit dir kommunizieren. Jetzt, wo deine Macht wächst, wirst du für sie sichtbar.«

»Was? Was meinst du damit, dass ich die Macht mit ihnen teile? Du hast gesagt, dass unsere Macht anders ist als ihre, dass sie spezielle, beschissene Kräfte haben.« Ich versuchte, die Sorge aus meiner Stimme zu verdrängen, aber es gelang mir nicht. Ich wollte nicht in irgendeiner Weise mit der beschissenen Grauen der drei Könige in Verbindung gebracht werden. »Wenn stärker werden bedeutet, sich in einen von ihnen zu verwandeln, bin ich raus. Das will ich nicht.«

»Ich sagte, dass ihre Macht durch meine entstanden ist. Wie bei allen Halbgöttern und Gottheiten meines

Reiches. Sie ist nicht dieselbe, aber sie verbindet uns alle.«

»Und ich werde für sie alle sichtbar?« Ich blinzelte schnell, meine Gedanken rasten und Angst stieg in mir auf. Ich konnte hören, wie meine Stimme um eine Oktave angestiegen war.

Ares sah kurz auf den Boden, bevor er meinen Blick wieder aufnahm.

»Ja.«

Ich schüttelte langsam den Kopf.

»Ich verwandle mich in ein verdammtes Leuchtfeuer für deinen verrückten Kriegsnachwuchs, und sie können meinen Kopf kalt und meine Sicht schwarz machen, wann immer sie wollen? Geht's noch?« Ohne es zu merken, hatte ich angefangen auf und ab zu laufen und schüttelte heftig den Kopf.

»*Beruhige dich, Bella. Du kannst lernen, sie auszublenden.*« Zeeva musste die Worte auch auf Ares projiziert haben, denn er sah zu ihr hinunter.

»Ja. Die Katze hat recht. Du kannst lernen, sie zu blockieren. Und sie sind nicht meine Nachkommen. Sie sind nicht aus meinen Lenden entstanden.«

»Wer zum Teufel sagt denn Lenden?« Ich wusste, dass es nicht die richtige Frage war, aber ich war schon wieder sauer. Ich hasste das Gefühl, nichts zu verstehen, nichts bewirken zu können und allen ausgeliefert zu sein, die stärker waren als ich.

Was anscheinend jeder war.

»Lenden sind-«, begann Ares, aber ich boxte ihn hart in die Brust. Er bewegte sich nicht, aber er schloss den Mund.

»Ich weiß, was Lenden sind, verdammt noch mal! Ich will wissen, wie ich aufhören kann, so schwach zu sein!«

»Du bist nicht schwach.«

»Aber alle haben mehr Macht als ich. Sie können in meinen Kopf eindringen und mich hin und her bewegen, mich etwas fühlen lassen, und mir sogar meine verdammte Seele stehlen. Jeder auf dieser ganzen verdammten Welt kann mehr als ich. Es gibt wahrscheinlich eine unendliche Menge an magischem Scheiß, von dem ich noch nicht einmal weiß. Ich kann nichts von alledem.«

»*Falsch. Du kannst all das und noch mehr, und du hast noch nicht einmal die Hälfte deiner Stärke erreicht. Du weißt nur noch nicht, wie du etwas mit deiner Kraft anfangen kannst.*« Zeevas Stimme war sanft und beruhigend.

»Bring es mir bei.« Ich schickte die Aufforderung in den Raum, ohne darauf zu achten, wer von den beiden antwortete. Beide wussten mehr als ich. Es gab eine lange Pause.

»*Ich werde dir beibringen, deine Gedanken zu schützen*«, sagte Zeeva schließlich. Ich schenkte ihr ein dankbares Lächeln, dann richtete ich meinen Blick auf Ares.

»Und du? Wirst du mich lehren, meine Kriegsmagie einzusetzen?«

Seine Augen lösten sich von meinen, bevor er antwortete.

»Nein.«

Wut durchzuckte mich und mein Puls beschleunigte sich.

»Warum nicht?«

Als seine Augen wieder auf meine trafen, tanzte das Feuer in seinen Iriden und seine dunklen Pupillen glänzten neben den hypnotisierenden Flammen.

»Solange ich an deiner Seite bin, musst du deine Macht nicht einsetzen.«

»Ich bin nicht deine verdammte Marionette!«, knurrte ich. Eine ferne Trommel schlug laut in meinem Kopf.

»Und ich bin kein Narr. Wenn du lernst, deine Kraft zu nutzen, wirst du mir nicht helfen müssen.«

Die Trommel schlug wieder, und wieder, und der Geruch von Rauch und Gras umspülte mich.

»Der beste Weg für mich, Joshua zurückzubekommen, ist, diese Tribunale zu absolvieren. Ich werde nicht weggehen.«

»Du bist schon einmal gegangen.«

Seine Worte schlugen hart in mich ein, und die Trommeln schlugen lauter und schneller in meinem Kopf. Da war eine Emotion in seinem Gesicht, die ich nicht erkannte, wurde mir klar, als die Flammen in seinen Augen höherschlugen. War es Verrat? War er verletzt, dass ich ihn verlassen hatte?

Ares, der sich als stoisch und emotionslos präsentierte, konnte unmöglich die Tatsache erwähnen, dass ich ihn im Wesentlichen seinem Schicksal überlassen hatte. Doch der Mann vor mir hatte jetzt Feuer in seinen Iriden und ich wusste, dass die Flammen nicht von Wut herrührten. Ich kannte seinen Zorn, und dieses Gefühl war etwas anderes.

Was auch immer es war, ich war mir jetzt hundertprozentig sicher, dass ich mir den Ausdruck auf seinem Gesicht in der Nacht zuvor nicht eingebildet hatte. Da war mehr in Ares als Stolz und Wut.

Meine Augen wanderten wie von selbst zu seinen Lippen und Hitze durchzuckte meinen ganzen Körper, bis sie sich unter meinem schmetterlingsgefüllten Bauch niederließ.

»Ich werde dich nicht wieder verlassen.« Die Worte waren fast ein Flüstern, kaum mehr hörbar über dem ansteigenden Trommelschlag, der mein ganzes Wesen zum Handeln bereit machte. Wofür, wusste ich nicht. Aber ich wollte irgendetwas tun.

Ares trat einen Schritt zurück und der Klang der Trommeln verebbte. Er machte einen weiteren Schritt zurück und seine Brust hob sich unter seiner glänzenden Rüstung. Je weiter sich die flammenden Iriden von mir entfernten, desto entfernter klangen die Trommeln. Enttäuschung durchzuckte mich und löschte meine Erregung mit einer unangenehmen Dosis Realität.

Ares wollte mich nicht. Und ich hatte ihm gerade gesagt, dass ich ihn nicht verlassen würde. Meine Wangen brannten und ich schämte mich.

»Ich werde dir beibringen, mit dem Schwert zu kämpfen.«

Seine Aussage schnitt durch die schwüle Atmosphäre und ich holte tief Luft, vergrub meine Erregung und Scham so tief wie möglich hinter einer wilden Entschlossenheit. Ich musste mich zusammenreißen, und ich wollte nicht, dass er bemerkte, wie sehr er mich aus der Ruhe brachte. Mit diesem dummen Schwarm würde ich mich später beschäftigen, allein.

»Ein Schwert? Wie soll das gegen verdammte Dämonen oder Krieger helfen, die mir in meinen verdammten Kopf eindringen?«

»Bitte, hör auf zu fluchen.« Er benutzte das Wort bitte so sanft, dass es mich so überraschte, dass es mir ein leicht entschuldigendes Augenrollen entlockte. »Ich biete dir eine Ausbildung im Schwertkampf an, oder gar nichts.«

Ich gab ein frustriertes Knurren von mir, aber wir wussten beide, wie meine Antwort lauten würde.

»Okay.«

»Welcher König hat mit dir gesprochen?«, wechselte er abrupt das Thema.

»Panik. Er sagte, dass die Ankündigung des Tribunals in einer halben Stunde stattfinden würde und du weißt, wo du hingehen musst. Obwohl das jetzt wohl schon zehn Minuten her ist.«

Ares seufzte.

»Es wird in seinem Thronsaal sein. Zeeva, du hast zwanzig Minuten Zeit, um ihr beizubringen, wie man unerwünschte Kommunikation blockiert. Ich werde einen Spaziergang machen.«

»Einen Spaziergang?«

»Ja.«

»Wohin?«

Er warf mir einen strengen Blick zu.

»Weg!«, schnauzte er, dann rammte er sich den Helm auf den Kopf und stapfte auf die große Hüttentür zu. Ich erhaschte einen Blick auf tiefgrünes Laub auf der anderen Seite, als er hindurchtrat, bevor er die Tür wieder zuschlug.

»Zeeva, hörst du die Trommeln, wenn Ares wütend wird?«, fragte ich und wandte mich an die Katze.

»Nein, Bella. Nein, das tue ich nicht.«

SECHS

Es stellte sich heraus, dass der Versuch, eine Mauer um meinen Geist zu errichten, wie Zeeva es mir zuvor beigebracht hatte, tatsächlich das Richtige gewesen war. Nur, um Menschen, die mit meiner Macht verbunden waren, auszublenden, brauchte ich eine größere, bessere Mauer. Ich hatte nicht das Gefühl, dass ich genug Zeit zum Üben gehabt hatte, als Ares von seinem Spaziergang zurückkam.

»Erzählst du mir von Dasos, bevor wir gehen?«, fragte ich ihn, als er in die Hütte stapfte. Er schaute mich nicht an, aber er beantwortete meine Frage.

»Es ist ein Waldreich. Gefüllt mit Fallen und unangenehmen Kreaturen. Vieles davon ist verfallen, und die Bürger leben in Häusern zwischen den Bäumen.«

»Warum leben sie überhaupt hier? Das hört sich nicht sehr freundlich an.«

»König Panik zahlt seinen Bürgern einen monatlichen Lohn.«

»Nur dafür, dass sie hier leben?«

»Ja. Jedes Jahr treten die Haushalte, die am längsten

durchgehalten haben, gegeneinander an, in der Hoffnung Preise zu gewinnen.«

»Seltsam, aber fair«, sagte ich und zuckte mit den Schultern. »Was ist die längste Zeit, die jemand hier gelebt hat?«

»Acht Monate.«

Ich blinzelte. Ich hatte erwartet, dass er in Jahren antworten würde.

»Oh. Also... dann ist es hier ziemlich gefährlich?«

Ares sah mich schließlich durch den Augenschlitz seines Helms an.

»Das Gefühl der Panik ist eine mächtige Waffe. Es bringt Menschen dazu, sehr schlechte Entscheidungen zu treffen. Fatale Entscheidungen.«

Die Warnung in seinen Worten war deutlich. Beklemmung polterte in meiner Brust.

»Okay, ich hab's verstanden. Keine Panik schieben. Keine dummen Entscheidungen treffen.« Wenn es um Ares ging, fühlte ich mich, als wäre ich die verdammte Königin der dummen Entscheidungen, aber das brauchte ich nicht laut zu sagen.

Der Thronsaal von König Panik sah aus, als hätte er vor einer langen Zeit mal etwas hergemacht.

Ich drehte mich langsam im Kreis und starrte auf die bröckelnden Steinwände um mich herum. Im Norden Englands hatte ich Burgruinen besucht, die dem, was ich hier sah, sehr ähnlich waren. Der runde Raum war massiv und die Decke so hoch, dass ich sie nicht richtig sehen konnte. Überall, wo ich hinschaute, breiteten sich Ranken und Schlingpflanzen auf dem blassen, zerbrochenen

Stein aus und die Luft roch feucht. Eine Brise pfiff durch Ritzen in den Wänden und ich rieb mir die Arme, als sich die Haare aufstellten.

»Dieser Ort ist eine Müllhalde«, murmelte ich und beäugte die einzigen Möbel im Raum; einen großen Steinstuhl und eine Eisenschale davor.

»Nicht wahr?« Paniks Stimme schallte durch den leeren Raum, und mit einem Blitz erschienen die drei Könige vor uns. »Ich benutze es nur für formelle Anlässe«, lächelte Panik mich an. »Mein anderes Schloss ist viel schöner. Wenn du jemals meine privaten Räume sehen willst, lass es mich bitte wissen.« Seine Augen verfinsterten sich, als er mich anstarrte, und ich zurückfunkelte.

»Nein Danke.«

»Schade.«

Schrecken trat vor, seine hallten Marmorfüße laut auf dem alten Steinboden.

»Wie ist es dir mit deinem Dämon ergangen?«, fragte er mich, und schwarze Muster wirbelten über die Oberfläche seines ausdruckslosen Gesichts.

»Du weißt verdammt gut, wie es mir ergangen ist«, spuckte ich. »Warum arbeitest du mit ihr?«

»Sie kann uns etwas bieten, was unser einst mächtiger Anführer nicht kann«, sagte König Schrecken mit einem Achselzucken.

Ich spürte den Sog von Ares Zorn in meinem Bauch.

»Und warum macht sie sich die Mühe mit euch?«, fragte der Kriegsgott streng.

»Wir haben etwas, das sie haben will«, sang Panik.

»Was?«

»Als ob wir dir das sagen würden«, lächelte König Schmerz.

»Sind wir es?«, fragte ich.

Schrecken gab ein leises Glucksen von sich, während die anderen beiden schnaubten. »Babygöttin, wir haben dich ihr bereits auf einem silbernen Tablett serviert. Wenn sie euch beide hätte haben wollen, hätte sie euch bereits.«

»Ihr werdet euren Mangel an Respekt mir gegenüber noch bereuen.« Ares Stimme war tief und bedrohlich und als ich das Ziehen in meinem Magen spürte, löste ich meinen Griff um die Schnur, die uns verband, ein wenig. Meine Lippen teilten sich in widerwilliger Anerkennung, als seine Haut mit einem goldenen Schimmer zum Leben erweckt wurde und Macht aus seiner schimmernden Rüstung rollte.

Ich riss meine Augen von ihm los, um zu sehen, wie ein zweifelnder Blick zwischen König Schmerz und Panik hin und her ging.

»Das ist ein Risiko, das wir uns entschieden haben einzugehen«, sagte König Schrecken sanft.

»Wer nicht wagt, der nicht gewinnt«, fügte König Panik hinzu, mit seinem Markenzeichen, seinem Lächeln, wieder breit in seinem hübschen Gesicht.

»Ihr solltet beten, dass sich euer Risiko auszahlt. Meine Strafe wird deine mögliche Belohnung bei weitem übersteigen.«

»Man lebt nicht, wenn man den Tod nicht fürchtet«, schnurrte der König. Ares versteifte sich.

»Lass mich dir versichern, dass du den Tod willkommen heißen wirst, wenn ich mit dir fertig bin.« Der Kriegergott dröhnte die Drohung, und jeder im Raum, außer Schrecken, wich instinktiv zurück. Sogar ich.

»Panik, sollen wir mit der Ankündigung fortfahren?« König Schrecken wechselte ohne zu zögern das Thema und ließ Ares völlig außer Acht. Ein leises Grollen setzte ein, und das Ziehen in meinem Magen verstärkte sich. Mit einer schnellen Entscheidung löste ich meinen Griff um meine Macht und überließ sie Ares.

Der Raum füllte sich mit dem Klang von klirrendem Stahl und dem würzigen Geruch von Blut. Bevor ich begreifen konnte, was geschah, war Ares schon einen halben Meter größer als noch einen Augenblick zuvor. Rohe, uneingeschränkte Macht ging von ihm aus und stellte die unheimlichen Schwingungen, die von den Königen des Krieges ausgingen, in den Schatten.

»Ich nehme an diesen Tribunalen aus freiem Willen teil. Du kontrollierst mich nicht. Ihr verehrt mich.« Ares Stimme war verstärkt und darin schwangen Bilder des Todes mit, die einen so starken Eindruck auf mich machten, dass ich nichts anderes sehen konnte. Schlachtfelder, alte und neue, zogen durch mein geistiges Auge. Ich sah Männer in Fellen mit riesigen Breitschwertern, die mit Gebrüll Köpfe von Hälsen trennten. Ich sah uralte Krieger in metallüberzogenen Rüstungen, die unter einem Pfeilregen begraben wurden. Ich sah grün behelmte Männer in Reithosen, die beteten, während Granaten vom Himmel fielen, bevor alles von Flammen verzehrt wurde.

Als die Visionen des Krieges abebbten, sah ich, dass alle drei Könige vor Ares zu Knie gegangen waren. Eine Müdigkeit überkam mich, und mit einem winzigen Seitenblick schrumpfte Ares wieder zurück auf seine übliche Größe. Mein Sichtfeld verengte sich, Schwindelgefühl drohte mich zu ergreifen, und ich hörte Zeevas Stimme in meinem Kopf.

»Konzentriere dich auf deine Quelle der Kraft. Beruhige dich.« Ich tastete nach dem Brennen der Energie unter meinen Rippen und fand ein erschöpftes, winziges

Häufchen an seiner Stelle. Doch es brannte noch immer heiß, und ich konzentrierte mich darauf. Ein Gefühl von Stolz beflügelte mich. Ares hatte meine Kraft dazu benutzt, das zu tun. Er hatte recht damit, dass ich stärker geworden war. Und wenn Ares das mit meiner Kraft tun konnte... konnte ich es dann auch?

Gut gemacht, Kriegsmagie. Das hast du gut gemacht, sagte ich dem verbliebenen kleinen Ball der Macht. Meine Sicht klärte sich, die Kraft sickerte zurück in mich.

»Panik, lass uns die Ankündigung hinter uns bringen, wenn es dir nichts ausmacht.« Paniks Stimme hatte ihre aalglatte Sanftheit verloren, und eine angespannte Wut lag nun in seinem Ton.

Panik bewegte sich zu seinem Thron, vermied es, Ares anzuschauen, und die eiserne Flammenschale erwachte zum Leben. Weißglühende Flammen sprangen auf, bevor sie einem sanften orangenen Flackern wichen. Ein Spiegelbild von Panik erschien in den Flammen.

»Guten Tag, Olymp!«, strahlte er, jede Spur seines Zusammenstoßes mit dem Gott des Krieges war verschwunden. »Ich freue mich, die zweite Prüfung der Ares Tribunale auszurichten. Ares und Bella werden sich einer kleinen Aufgabe stellen. Sie müssen die Kampfgrube finden, die tief in Skotadi, dem gefährlichsten Gebiet meines Reiches, versteckt ist. Dort angekommen, müssen sie einen Drachen besiegen, indem sie ihm nicht weniger als drei Schuppen vom Körper zupfen.«

Ein Drache? Mir fiel die Kinnlade herunter.

Niemand hatte Drachen erwähnt. Unbehagen durchströmte mich und ich versuchte, es zu verdrängen. Sicherlich konnte ein Drache nicht viel anders sein als eine Säure atmende Hydra? Wir hatten sie besiegt und überlebt. Einfach so.

»Wir werden die Helden mit einer kleinen Zeremonie in einer Stunde stilvoll verabschieden. Bis dahin!«

Der Glanz der Eisenschale verebbte als die Flammen erloschen.

~

»Wie soll ich Eris anrufen?«, sagte ich und starrte mit einem Stirnrunzeln auf mein Guns N' Roses T-Shirt. »Ich glaube nicht, dass ich darin zu der Zeremonie gehen soll.« Wir waren zurück in der winzigen Hütte und in dem Bemühen, mich von den Gedanken an das bevorstehende Tribunal abzulenken, versuchte ich mich für eine weitere sinnlose Zeremonie fertig zu machen. Aber der Kleiderschrank in der Hütte war leer und alles, was ich anziehen konnte, war das, was in meinem Rucksack war.

»Ich habe meine Schwester seit unserer Rückkehr nicht mehr erreichen können.« Ich schaute Ares scharf an, der auf der pfirsichfarbenen Couch saß.

»Wirklich? Sollten wir uns Sorgen machen?«

»Nein. Sie antwortet niemandem.« Das bezweifelte ich nicht.

Ich stieß einen Seufzer aus.

»Irgendwelche Ideen, was ich anziehen soll, Zeeva?«

Die Katze schaute von ihrem Platz auf dem Bett auf, wo sie döste. Ihr schlanker Körper war zu einem kleinen Ball zusammengerollt. Ich widerstand dem Drang, zu ihr zu gehen und sie zu streicheln, wie ich es über die Jahre getan hatte. Es war zu seltsam, jetzt wo ich wusste, was sie wirklich war.

»Ich kann mir wahrscheinlich einen Kopfschmuck von meiner Herrin für dich leihen. Aber was die Kleidung angeht, kann ich dir nicht helfen.«

»Oh, danke!«, sagte ich. Ich hatte eigentlich nicht erwartet, dass sie mir etwas anbieten würde. Sie streckte sich langsam, dann verschwand sie in einem Hauch von türkisem Licht.

»Auch ich möchte meinen Dank aussprechen.« Bei seinen Worten, die mich noch mehr überraschten als die von Zeeva, drehte ich mich zu Ares um. Er hatte seinen Helm abgenommen, und sein Haar hing ihm lose um die Schultern. Und die Art, wie er mich ansah... »Du hast mir bereitwillig erlaubt, einen Großteil deiner Macht zu nutzen, um die Könige einzuschüchtern. Das bedeutet mir ... sehr viel.«

Ich zuckte unbeholfen mit den Schultern.

»Es bedeutet mir auch sehr viel. Sie haben mich absichtlich in einem Dämon ausgeliefert, um mich zu töten, diese Schwänze. Die haben es verdient, dass man ihnen einen Strich durch die Rechnung macht.«

»Hat sich deine Kraft schon wieder regeneriert?«

Ich fühlte in mich hinein und wusste bereits, dass der brennende Energieball voll und einsatzbereit war.

»Ja.«

»Gut. Das bedeutet, dass wir nicht an deine Grenze gestoßen sind und du tatsächlich an Kraft gewinnst.«

»Das war also ein erfolgreiches Experiment, die Macht zu teilen?«, sagte ich zaghaft.

»In der Tat.«

»Also... Kannst du mir beibringen, wie ich sie besser nutzen kann?«

»Nein.«

Ich warf das T-Shirt verärgert zu Boden.

»Warum nicht? Ich will dir doch nur beweisen, dass ich nicht gegen dich arbeite! Zeig mir, wie ich etwas

Nützliches tun kann! Wie hast du den ganzen Kriegskram hinbekommen?«

»Das ist meine Macht. Ich beschwöre die Macht des Krieges herauf.«

»Zeig mir, wie man das macht.«

»Nein.«

»Dann zeig mir, wie man wächst.«

»Nein.«

»Du bist ein Arschloch.« Ares kam langsam auf die Beine. Der einzelne, dröhnende Schlag einer Trommel ertönte laut in meinem Kopf, und allein dieses eine Geräusch schickte in berauschender Vorfreude ein Kribbeln durch meinen Körper. Mit einigem Erschrecken stellte ich fest, dass ich begann, mich nach diesen Momenten zu sehnen. Die Schmerzen, die sich in mir ausbreiteten und mir in köstlicher Verzweiflung unter der Haut pochten, waren alles andere als unangenehm.

Mit einem kleinen Lichtblitz erschien Zeeva mit einem schimmernden goldenen Diadem.

Ares setzte sich wieder hin.

»Das sollte reichen, damit es so aussieht, als hättest du dir Mühe gegeben«, sagte die Katze abweisend und rollte sich wieder auf dem Bett zusammen.

»Danke«, murmelte ich und hob das Diadem auf. Es war wunderschön, aus feinem Gold gefertigt und mit einer wellenförmigen Reihe winziger funkelnder Rubine besetzt. »Ich hoffe, es passt zu schwarzen T-Shirts und Khakis, denn das ist alles, was ich habe.«

ARES

Ich konnte nicht anders, als Bellas Selbstbewusstsein zu bewundern, als wir auf der Lichtung von König Panik ankamen. Der moosige Boden bewegte sich unter ihren schweren Stiefeln, als sie sich sofort einen dienenden Satyr suchte und ich sah die hochgezogenen Augenbrauen der anderen, tadellos gekleideten Gäste, als sie ihre lässige, sehr menschliche Kleidung betrachteten.

Sie brauchte jedoch kein Kleid, um schön auszusehen. Das goldene Stirnband, das Zeeva ihr gebracht hatte, glitzerte über ihrem geflochtenen Haar, als sie ihren Kopf zurückwarf, um einen langen Schluck ihres Getränks zu nehmen, und ihr enges T-Shirt betonte ihre Brüste. Ein Schmerz, von dem ich wusste, dass er völlig unangebracht war, zerrte an mir.

Sie hatte mich verlassen. Sie war durch das Portal gegangen, wissend, dass ich die Tribunale nicht überstehen und den Trident nicht ohne sie gewinnen konnte. Und ich hatte es verdient.

Ich hatte absichtlich versucht, ihr all ihre Macht zu

nehmen, obwohl ich wusste, wie sehr sie mich dafür hassen würde. Tatsächlich hatte ich ihre Macht genau deshalb genommen, weil sie mich dafür hassen würde, aber anstatt dieses alles verzehrende Band zwischen uns zu durchtrennen, hatte es meine Gefühle für sie nur gefestigt.

Was auch immer uns verband, ging tiefer als meine brennende körperliche Anziehung zu ihr. Ihre Aufregung war ansteckend und ich sehnte mich danach, sie lächeln zu sehen. Wie konnte eine Person so viel Freude an der Welt um sich herum haben, wenn man so ungerecht behandelt worden war? Noch stärkere Wogen von Schuldgefühlen schüttelten mich.

Sogar ihre unendlichen Fragen nervten mich immer weniger und ich widerwillig entwickelte ich Respekt für ihre Hartnäckigkeit. Sie wollte unbedingt lernen, wie sie stärker werden konnte, und das imponierte mir. Ich wusste, dass sie nicht aufgeben würde, so wie ich es an ihrer Stelle auch nicht tun würde.

Seufzend sah ich ihr zu, wie sie begeistert winkte und sich dann auf den Weg zu dem weißen Zentauren machte, in den sie sich so verliebt hatte. Irgendwann, schon bald, würde ich ihr mehr über ihre Macht beibringen müssen. Sie wurde immer stärker und sie hatte recht - sie würde mir eine große Hilfe sein können, diese abscheuliche Spielshow zu beenden, wenn sie ihre Magie erstmal richtig einsetzen könnte.

Aber was, wenn sie beschloss, dass sie mich nicht mehr brauchte? Schlimmer noch, was, wenn sie herausfand, wer sie wirklich war und was ich getan hatte?

Der Gedanke, dass sie mich wieder verlassen würde, verursachte ein Kribbeln in meinem Magen, das körperliches Unwohlsein mit sich brachte. *Du willst nur nicht wieder den Zugang zu deiner Macht verlieren,* sagte ich mir. Aber ich wusste, dass es eine Lüge war.

Das Wissen verdrängend, dass es nicht nur ihre Macht war, die ich nicht verlieren wollte, versuchte ich mich auf etwas anderes zu konzentrieren. Etwas anderes als sie.

Mit einem Plan im Kopf schritt ich hinüber zu Hermes und Poseidon, die sich leise unterhielten. Die Lichtung war groß und von Laubdächern bedeckt. Winzige Lichterketten tanzten zwischen dem Grün und gaben dem Ort ein ruhiges, ätherisches Gefühl. Ich konnte keinen der Könige des Krieges sehen.

»Ares!«, nickte Hermes, als ich mich ihm näherte. Er trug traditionelle antike Kleidung, und seine schlichte Toga stand im Kontrast zu seinen glitzernden geflügelten Sandalen.

Ich nickte zurück.

»Wie läuft die Suche nach Zeus?« Ich richtete die Frage an Poseidon.

»Ich fürchte, dein Vater ist so stark, wie eh und je. Wir können ihn nicht finden.«

»Habt ihr eine Ahnung, was sein Plan ist?«

»Es gibt Unruhen in der Welt der Sterblichen, und meine Sorge um Hera wird immer größer. Aber die Unterwelt ist jetzt gesichert, und er hat sich keinem der anderen Olympier genähert.«

Als ob sie das mit dir teilen würden, dachte ich. Poseidon war nicht unser Herrscher. Aber ich sprach höflich zu ihm.

»Ist Hades hier? Ich habe neue Informationen, die für euch beide von Interesse sein werden.«

Als Hades sich zu uns gesellte und Hermes davonging, erzählte ich den Brüdern, was ich über den Keres-Dämon erfahren hatte, und meinen Verdacht, dass Zeus die Wächtermagie benutzte, um sich zu tarnen. Als ich fertig war, wälzte sich kalter Zorn in langen Rauchfäden von Hades.

»Ich werde eine neue Ebene im Tartarus erschaffen, um diese Dämonin zu beherbergen, wenn ich sie in die Finger bekomme!«, zischte er. »Eine, die sie mit meinem Bruder teilen kann.«

Poseidon schaute mich an.

»Wir wissen es zu schätzen, dass du uns diesen Verdacht mit uns geteilt hast.« Ich senkte den Kopf.

»Ich möchte helfen.«

»Und deine Macht zurückgewinnen, natürlich.« Poseidon vertraute mir nicht, und ich nahm es ihm nicht übel.

»In der Tat. Aber das werde ich tun, indem ich die Aufgabe von Oceanus erfülle. Die Suche nach meinem Vater werde ich euch beiden überlassen.«

Ich ging weg, bevor sie mich noch etwas fragen konnten. Es interessierte mich nicht, wie sie auf meine Informationen reagieren würden. Ich hatte gemeint, was ich gesagt hatte, als ich sagte, dass mein Fokus auf diesen verdammten Tribunalen lag. Außerdem glaubte ich nicht einen Moment daran, dass sie Zeus aufhalten konnten. Es gab keinen mächtigeren Gott auf der Welt und ich musste mich darauf konzentrieren, meine eigene Stärke wiederzuerlangen, bevor mein Vater seinen Zug machte – wie auch immer das aussehen würde. Ich musste bereit sein, wenn es so weit war.

Ich schlenderte über die Lichtung und sprach mit jedem, an dem ich vorbeikam, mit einer gezwungenen Zuversicht und Stolz in meiner Stimme. Ich wollte niemanden in dem Glauben lassen, dass die Könige mich unter ihrer Kontrolle hatten. Wenn ich mich so verhielt, als hätte ich die Tribunale selbst angezettelt, oder zumindest als würde ich sie genießen, dann verloren sie die Oberhand.

Ich zog ganz sanft an Bellas Kraft und ich spürte, wie sie reagierte. Ein warmer Strom von Kraft durchströmte mich, und ich nahm gerade genug, um mir ein Gefühl göttlicher Präsenz zu geben. Genug, dass die anderen Götter es spüren würden.

»Sieh mal einer an. Da ist aber jemand fröhlich.« Die honigsüße Stimme von Aphrodite umspülte mich. Ich spürte, wie etwas in mein Inneren dahinschmolz und der Wunsch, sie glücklich zu machen, meine Gedanken überflutete. Doch ich schöpfte mehr Kraft aus Bella, und das Gefühl wurde schwächer. Aphrodite hob eine Augenbraue, als ich mich ihr zuwandte. »Sie wird stärker«, sagte Aphrodite, ihr Lächeln reichte nicht bis zu ihren Augen.

Ihre Haut hatte heute die Farbe von Onyx, ihre großen Augen waren ebenfalls tiefschwarz und ihre Lippen waren so scharlachrot wie ihr luftiges, durchsichtiges Kleid. Sie sah aus wie ein Gemälde oder ein Kunstwerk. Atemberaubend.

»Du siehst wunderschön aus«, sagte ich übertrieben förmlich.

»Danke.« Sie meinte es nicht ernst. Ich konnte ihre Verärgerung spüren. »Sie hat dich beim letzten Kampf lächerlich gemacht. Ich dachte, ich würde dich wutentbrannt vorfinden.« Ihre perfekten Augenbrauen zogen sich zu einem Stirnrunzeln zusammen. »Bist du jetzt ein Wolf ohne Reißzähne und Krallen?«

Empörte Wut sprang bei ihren Worten auf, doch als ich den Mund öffnete, um mich zu verteidigen, bohrte sich ein Gedanke in meinen Kopf, mit einer Stimme, von der ich sicher war, dass sie mir gehörte, die aber schon sehr lange nicht mehr Platz in meinem Gehirn eingenommen hatte.

Sie liebt dich nicht.

Es war der Teil in mir, der schon immer gewusst hatte, dass Aphrodite mich nicht liebte, aber dem ich mich geweigert hatte zu glauben, denn wenn ich unter dem Einfluss ihrer Macht stand, wurde die schreiende Unruhe gestillt, wenn auch nur für eine Weile. Es war die Stimme in mir, die jahrhundertelang nie genug bekommen hatte, nie den Nervenkitzel fand, nie den Punkt erreichte, von dem ich wusste, dass er für mich bestimmt war. Doch diese Weisheit wurde von einer lauteren ersetzt, die mich zu dem nicht enden wollenden Zyklus trieb, alle Grenzen um mich herum ausreizten. Alles andere in meinem Leben erschien unwichtig, im Vergleich mit dem Versuch, diesen Höhepunkt zu erreichen, diesen Ort, an dem der Nervenkitzel und das Adrenalin zusammenflossen und die Glückseligkeit die Oberhand gewinnen würde.

Ich hatte mir eingeredet, dass Aphrodite der Schlüssel zu diesem Gefühl war, nach dem ich mich so sehr sehnte. Aber das war sie nicht. Ihre Liebe war vorübergehend, schwach und falsch. Aphrodite wollte mich nicht besser machen, oder stärker. Aber Bella…

Eine Erkenntnis stürzte auf mich ein, kristallklar.

Ich würde den Nervenkitzel des Kampfes gegen die Hydra mit Bella ohne zu zögern einer Nacht in Aphrodites Bett vorziehen. Bella machte mich besser. Sie genoss den Moment, blühte im Adrenalin auf, verherrlichte den Sieg. Wenn sie stark war, war ich stark. Und sie wollte, dass die Menschen um sie herum Stärke hatten; sie war nicht grausam oder gierig.

Irgendetwas muss sich in meinen Augen gezeigt haben, denn Aphrodites Gesicht begann sich vor meinen Augen zu verändern und riss mich aus meinen Gedanken.

»Ares, du vergisst, wer ich bin!«, zischte sie, und eine Dunkelheit erfüllte ihre Augen, die nichts mit ihrer Farbe zu tun hatte. Die Göttin der Liebe hatte einen Zorn, der bösartiger war als jeder andere Olympier, und Unbehagen durchfuhr mich. Wenn Aphrodite auch nur eine Ahnung von meinen Gefühlen für Bella bekam, war es nicht meine Sicherheit, um die ich fürchtete.

»Ich weiß nicht, was du meinst«, sagte ich und versuchte, mein Gesicht von diesen neuen Gefühlen befreien. Das war etwas, was ich in meinem Leben noch nicht hatte üben müssen, und ich betete, dass es mir gelang.

»Ich habe die Macht über die Liebe«, flüsterte sie. »Ich weiß, wenn sich zwei Menschen zueinander hingezogen fühlen.« Ihr Mund war zu einer harten Linie geworden.

Mein Herz setzte einen Schlag aus und polterte dann wild in meiner Brust. Ich schöpfte nach meinem Stolz und versuchte daran zu denken, was ich gesagt hätte, bevor ich meine Macht verlor, bevor diese höllischen Gefühle begonnen hatten, meine Gedanken zu vernebeln.

»Bella ist jung und größtenteils sterblich. Ich glaube, sie hat sich in mich verknallt.« Ich füllte meine Worte mit stolzer Überheblichkeit.

»Und du, mein Kriegerprinz?« Aphrodites Tonfall änderte sich erneut. Jetzt war er tief und heiser, und mein Blick fiel auf ihren sinnlichen Mund. Mein Körper reagierte instinktiv. »In wen hast du dich verknallt?«

»Ich würde mich nicht so weit erniedrigen, mich zu verknallen.«

»Beweise es. Beweise deine Liebe zu mir. Wenn du jemals wieder deine Hände an meinen Körper legen willst, dann fass sie nicht an.«

Bevor ich etwas sagen konnte, tönte Bellas Stimme über die Lichtung.

»Aphrodite? Ich wollte kurz mit dir reden, wenn du einen Moment Zeit hast.«

Wut flackerte in Aphrodites Augen auf, verschwand aber, als sie sich zu Bella umdrehte.

»Das ist eine ungewöhnliche Outfit-Wahl. Aber wenigstens tust du nicht so, als wärst du etwas, das du nicht bist.« In Aphrodites Stimme lag ein spöttisches Lächeln, und ich ging instinktiv in die Defensive. Ich klappte meinen Mund zu.

»Ja, danke. Ich wollte dir nur sagen, dass ich nicht vorhabe, dir oder deinem Arschlochfreund irgendwelche Probleme zu bereiten. Wenn ich diese Tribunale hinter mich gebracht und meinen Kumpel gerettet habe, werde ich aus deinem Leben verschwinden.«

Bellas Augen huschten zu meinen. Ich schluckte das Stechen in meiner Brust hinunter, welches die Wucht ihrer Worte begleitete. Sie hatte recht, so oder so. Sobald die Tribunale vorbei waren und ihre Kraft vollständig wiederhergestellt war, war es unmöglich, dass wir uns wiedersehen würden. Aber das wusste sie nicht.

Sie entschied sich dafür, mir zu sagen, dass sie gehen würde, wenn das hier vorbei war.

»Du bist nicht wichtig genug für mich, um mir Sorgen um deine Zukunftspläne zu machen, kleines Mädchen. Es interessiert mich nicht.« Aphrodite schnurrte, dann drehte sie Bella den Rücken zu und sah mich wieder an. Ich erwartete Wut oder Arroganz von ihr, aber ich war mir fast sicher, dass ich Sorge in ihren Augen las. Doch dann setzte sie ihr strahlendes Lächeln auf. »Komm, Mächtiger. Lass uns mit unseresgleichen sprechen.« Sie führte mich am Ellenbogen in Richtung Dionysos und Apollon, die am anderen Ende der Lichtung zusammenstanden.

Ich ließ mich von ihr dorthin führen und Bella in die Augen zu sehen, kostete mich mehr Kraft als ich es für möglich gehalten hätte.

ACHT

BELLA

Es war dumm von mir gewesen, ihr Gespräch zu unterbrechen. Und meine Ansage war völlig unnötig gewesen. Aber ich hatte mich nicht zurückhalten können. Ein völlig irrationaler Anfall von Eifersucht hatte mich gepackt, als ich sah, wie sich Ares Augen verdunkelten und seine Haltung sich entspannte, als diese Hexe ihn anschnurrte.

Ich hatte nicht einmal gewusst, was ich sagen sollte, als ich dorthin marschiert war, und alles, was ich erreicht hatte, war, vor Ares herabgesetzt zu werden. Und jetzt war er mit ihr gegangen, wie ein Welpe an der Leine.

Ich knirschte mit den Zähnen. Irgendwann, sehr bald, musste ich einen Weg finden, diese Verliebtheit abzuschütteln. Einen Weg, dieses Verlangen nach dem Kriegergott zu stoppen. Denn bis jetzt, egal was er tat, wurde es nicht weniger. Ich sah immer mehr und mehr in ihm, das mich anmachte.

Ich sah mich auf der Lichtung um und versuchte, etwas zu finden, das mich ablenken würde. Nestor, der Kriegerzentaur und mit Abstand das coolste Wesen, das ich bisher im Olymp getroffen hatte, war weggerufen worden. Obwohl sie sich das vielleicht nur ausgedacht hatte, um meinen ständigen Fragen zu entgehen, wie sie mit ihren Kriegshämmern kämpfte.

»Du scheinst dich zu langweilen, Süße«, erklang die Stimme der Göttin des Chaos in meinem Kopf.

»Ich sollte doch jetzt in der Lage sein, Leute auszublocken!«, rief ich laut aus.

»Uralte Gottheit, schon vergessen? Du müsstest etwa zehnmal stärker sein, um mich aus deinen Gedanken zu verbannen.«

»Wo bist du?«

»In der Nähe.«

»Warum bist du nicht persönlich hier?«

»Ich habe vielleicht zu viele Leute verärgert.«

Ich schnaubte.

»Warum überrascht mich das nicht? Weißt du, ich hätte deine Hilfe vorhin beim Anziehen gut gebrauchen können.«

»Gar nicht wahr. Ich mag diesen Look. Außerdem stehst du kurz vor dem Beginn des Tribunals und da wäre ein Kleid ziemlich nervig.«

»Was? Woher weißt du das?«

»Süße, ich weiß eine Menge Dinge. Ich weiß einige Dinge, die dich viel mehr interessieren würden, als wenn die Tribunale beginnen.«

Mein Herz setzte einen Schlag aus.

»Dinge über mich?«

»Mhm. Und über meinen kleinen Bruder.«

»Und was willst du im Gegenzug von mir?«

»Wenn ich ein Tausch im Sinn habe, erfährst du es als Erste. Viel Glück.«

»Warte!« Doch sie war schon weg. Ich stampfte mit

dem Fuß auf, ohne mich darum zu kümmern, wie bockig ich vielleicht aussah.

Alle wussten mehr als ich, sogar über mich. Es war ärgerlich. Ich war ein Bauer in einem Schachspiel, und anderer Leute konnten mit meiner Figur ihre Spielchen spielen. Ich verlor langsam meine Geduld.

»Guten Abend!« König Panik erschien in der Mitte der Lichtung, mit einem übergroßen roten Lichtblitz. Ein Schweigen legte sich über die Gäste, als er sich tief vor jedem der Olympier verbeugte und dann mit dem Kopf zu mir nickte. »Ares, Bella, bitte. Es ist Zeit, mit eurem Tribunal zu beginnen.«

Also war nicht alles, was Eris gesagt hatte, unwahr. Das Tribunal begann jetzt wirklich. Ich fingerte an meinem Schnappmesser in meiner Gesäßtasche, während ich nach vorne trat. Auch Ares bewegte sich in Richtung des Königs des Krieges.

»Findet die Kampfgrube und den Drachen und bringt drei Schuppen zurück. Ihr dürft euch nicht mit Magie von Ort und Stelle bewegen. Viel Spaß.« Er zwinkerte uns beiden zu, dann wurden wir aus der Lichtung gezaubert.

～

Der Wald roch übel. Richtig übel.

»Was zum...« Ich konnte spüren, wie sich mein ganzes Gesicht vor Ekel verzog, als ich mich umsah. Die Luft war schwer und feucht, und über uns war so viel Laub, dass nur Schlieren von nebligem Licht unsere Umgebung beleuchteten.

Die Bäume waren riesig. Ihre Äste begannen nur wenige Meter über dem Boden, und die Masse an Blättern, die aus ihnen wuchs, hatte eine seltsame Farbe, als ob jemand den größten Teil ihrer Lebendigkeit aus ihnen herausgesaugt hätte. Ich drehte mich langsam im Kreis. Irgendwo in der Ferne ertönte ein leises Rufen und ein ständiges Rascheln von Lebewesen in den feuchten, gefallenen Blättern, die den moosbewachsenen Boden übersäten.

Es gab keinen Pfad, keine Lichtung oder irgendeinen Hinweis darauf, in welche Richtung wir gehen sollten. Ich sah Ares an, der in seiner goldenen Rüstung absurd hervorstach.

»Der Geruch ist verfaulte Vegetation und tote Tiere, glaube ich.« Ich verzog das Gesicht.

»Ekelhaft.«

»Nutze deine Heilkraft. Lege einen dünnen Schleier über deine Fähigkeit zu riechen.«

»Wirklich?«

»Ja.«

Ich versuchte zu tun, was er beschrieb, und zu meiner Freude ließ der magenverbrennende Geruch nach.

»Danke.«

Er ignorierte meinen Dank, und ich spürte einen Ruck in meiner Macht.

»Was machst du da?«

»Ich spüre nach einem Drachen.«

»Oh. Gute Idee.«

Ich zog meine Klinge aus meiner Tasche, als er unnatürlich still stand.

»*Zeit zum Spielen, Ischyros*«, flüsterte ich der Klinge zu. Mit einem köstlichen Hitzeimpuls verwandelte sich die Klinge in meiner Hand, bis ich das epische Stahlschwert in der Hand hielt.

»Überall in diesem Wald gibt es tödliche Kreaturen. Der Wunsch zu töten ist überall um uns herum. Ich kann nicht sagen, wo der Drache ist.«

Ein Schauer lief mir über den Rücken.

»Du kannst nach Dingen spüren, die uns töten wollen?«

»Ja.«

»Zeigst du mir, wie?«

»Nein.«

Ich wirbelte meine Klinge in der Hand und holte tief Luft.

»Gut. In welche Richtung sollen wir dann gehen? Am besten, ohne den Dingern zu begegnen, die uns töten wollen.« Die Wahrheit war jedoch, dass ich bereit für einen Kampf war. Aphrodite hatte mich aufgestachelt, und nervöse Energie raste durch meinen Körper und machte mich unruhig.

»Ich glaube, das stärkste Gefühl für Gefahr ist in dieser Richtung.« Er deutete auf einen Baum, der genauso aussah wie alle anderen, und stapfte auf ihn zu. Sein Schwert ziehend, hackte er auf die niedrigen Äste ein, bis er ein grobes Loch geschaffen hatte, das groß genug war, um hindurch zu kommen.

»Volle Kraft voraus, auf die Gefahr zu«, murmelte ich und folgte ihm.

Das Hacken von Ästen erschien mir wie ein Missbrauch des wahren Potenzials meines Schwertes, aber *Ischyros* leistete genauso gute Arbeit wie eine Machete. Die stickige Hitze des Waldes wurde erstickend, und die

Düsternis war ebenso bedrückend. Unheimliche Geräusche waren unser ständiger Begleiter, als wir uns durch das dichte Unterholz zwängten, scharfe Dornen und kratzige Äste verfingen sich an meiner Kleidung.

»Panik ist ein Arschloch, dass wir direkt nach der Zeremonie gehen müssen. Ich habe weder meine Rüstung, noch meinen Rucksack dabei. Und wenn ich dieses T-Shirt zerreiße, werde ich ihn dafür bezahlen lassen.«

»Gibt es jemanden, den du nicht für ein Arschloch hältst?«, murmelte Ares.

Ich dachte einen Moment nach.

»Nicht viele Leute, nein.«

Ares schwieg eine Weile, dann sprach er leise. »Du sagtest, du würdest gehen, sobald du deinen Freund wiedergefunden hast. Was gedenkst du zu tun?«

Seine Frage überraschte mich und löste gleichzeitig eine irrationale Welle der Freude in mir aus. *Ich war ihm nicht egal.*

»Ähm, ich bin mir nicht ganz sicher.«

»Wirst du bei ihm bleiben?« Seine Stimme war knapp und die Worte abgehackt.

»Joshua?«

»Ja.«

»Ich weiß es nicht.« Und ich wusste es wirklich nicht. »Alles, was ich weiß, ist, dass ich auf keinen Fall zurück nach London gehen werde. Oder in die sterbliche Welt.«

»Du willst im Olymp bleiben?«

»Natürlich will ich das. Ich habe mein ganzes Leben damit verbracht, nirgendwo reinzupassen und mit Sicherheit zu wissen, dass ich nicht am richtigen Ort bin. Der Olymp ist der Ort, nach dem ich mich immer gesehnt habe, ohne es zu wissen. Ich meine, eine Welt, in der es unmöglich sein muss, sich zu langweilen... Das ist ein Traum.«

Ares war langsamer geworden und drehte sich zu mir um, um mich über seine Schulter zu betrachten. Er hatte einen seltsamen Ausdruck in den Augen und ich wünschte, ich könnte den Rest seines Gesichts sehen.

»Was?«, fragte ich ihn. Er wandte sich ab. »Ares, was verschweigst du mir?« Ich konnte sein Unbehagen spüren.

»Sei still. Ich kann etwas hören.«

»Blödsinn! Du willst nur nicht...«

»Bella, sei still!«

Er hatte sich angespannt, sein Schwert erhoben und den Kopf nach hinten geneigt. Sofort flutete Adrenalin durch meine Adern, als ich merkte, dass er es ernst meinte.

Ich konzentrierte mich und lauschte angestrengt. Ich spürte, wie ein kleiner Hitzeschwall aus dem Kraftbrunnen unter meinen Rippen schoss, und es war plötzlich, als wären meine Sinne um das Hundertfache verstärkt worden. Jedes Knacken eines Zweiges, Ares gemessene Atemzüge, sogar der kaum wahrnehmbare Windhauch, klang laut und deutlich in meinen Ohren. Die gedämpften Farben des Waldes um mich herum erwachten zum Leben und ich nahm die leuchtenden Farben winziger Käfer und das Aufblitzen von schillernden Federn in den Bäumen wahr, die ich zuvor völlig übersehen hatte. Leider hämmerte der faulige Geruch noch härter auf meine Abwehrkräfte ein, aber das war ein Preis, den ich gewillt war zu zahlen.

Bevor ich Ares sagen konnte, wie großartig diese neue Erfahrung war, erreichte ein lautes Summen meine

Ohren. Ich drehte mich misstrauisch in die Richtung, aus der es kam.

»Was ist das für ein Geräusch?«, flüsterte ich. Es wurde immer lauter.

»Wenn es ein Oxysschwarm ist, dann müssen wir uns verteidigen, sofort.« Es lag ein Ton der Dringlichkeit in seiner Stimme, den er normalerweise nicht hatte, und ich kniff meine Augen zu seinen. »Bella, wir können die nicht so einfach bekämpfen. Wenn sie dich stechen, hast du etwa drei Sekunden Zeit, dich zu heilen, sonst ist es zu spät.« Er packte meinen Arm und Funken von Elektrizität schossen über meine Haut. »Ich werde dir jetzt beibringen, wie du einen Schutzschild erschaffst.«

»Okay«, sagte ich, etwas atemlos.

»Ziehe deine Kraft an und stelle dir einen Schild vor. Einen echten Schild, den du bereit wärst, im Kampf zu benutzen. Wenn du nicht glaubst, dass das, was du dir vorgestellt hast, dich in einem echten Kampf verteidigen könnte, dann wird es nicht funktionieren.«

»Verstanden«, sagte ich und versuchte, mir einen Schild vorzustellen. Mit einem Ruck, der sich fast physisch anfühlte, blitzte eine massive runde Metallscheibe in meinem Kopf auf. Sie war wunderschön graviert mit einem Bild von zwei sich aufbäumenden Hengsten, und Speere flogen hinter den reiterlosen Pferden durch die Luft. Ein Muster umrandete den Schild und sah nach keltischem oder wikingerzeitlichem Stil aus.

Es war unmöglich, dass ich diesen Schild erfunden hatte. *Ich wusste, dass es echt war.*

Ich hatte allerdings keine Zeit, Ares danach zu fragen.

Das Summen wurde plötzlich lauter und Ares ging in die Hocke, die Feder an seinem Helm kippte zurück, als er seine Augen nach oben richtete. Ich tat es ihm gleich und behielt das Bild des Pferdeschildes fest in meinem Kopf, während der rote Nebel über mein Sichtfeld sickerte und die Lebendigkeit ersetzte, die noch vor wenigen Augenblicken da gewesen war.

Das Brummen wurde so laut, dass ich nichts anderes mehr hören konnte, nicht einmal das Rauschen des Blutes in meinen Ohren. Aber ich konnte nichts in den Bäumen über uns oder um uns herum sehen.

»Wo sind sie?«, schrie ich Ares an.

»Dies ist der Wald der Panik; seine Kreaturen werden versuchen, Panik zu schüren, bevor sie angreifen.« Ich fing genug von seinen Worten auf, um zu verarbeiten, was er gesagt hatte, und atmete tief durch. Die Taktik war aufgegangen. Je länger wir auf das Erscheinen der Bedrohung warteten, desto mehr baute meine Fantasie den Feind zu einem Ungeheuer auf.

Ich würde nicht sagen, dass ich jetzt schon in Panik geraten war, aber ich wollte nicht länger warten, um zu sehen, womit wir es zu tun hatten.

NEUN

BELLA

Etwas Kleines, Helles und verdammt Schnelles sauste aus den Bäumen auf mich zu.

Ich spürte einen leichten Widerstand, als es einen Meter über mir gegen eine unsichtbare Barriere prallte, dann flog es wieder in den Baum. Mein Puls beschleunigte sich und alles um mich herum begann sich zu verlangsamen, als meine Kriegssicht einsetzte. Ich spürte, wie Ares an meiner Kraft zog und ich ließ ein wenig los und erlaubte ihm, sie zu nehmen. Der nächste Oxys, der auf uns zuraste, bewegte sich genauso schnell wie der erste, aber meine Kraft erlaubte mir, mich genug darauf zu konzentrieren, um ihn richtig zu sehen.

Es sah aus, als hätte jemand eine Wespe genommen und sie durch eine Frankenstein-Maschine geschickt. Sie war so groß wie Ares geschlossene Faust und ihr Körper sah aus, als wäre er aus vielen Teilen hellen Leders zusammengenäht worden. Ein glühender lila Stachel ragte aus seinem Hinterteil und es hatte haarige schwarze Flügel, die hart und schnell schlugen. Ich konnte keine Augen an dem Ding ausmachen, aber es hatte mehrere pelzige Beine, die unter seinem schlauchförmigen Körper herunterhingen.

Es schlug gegen eine unsichtbare Wand um Ares herum und huschte dann davon.

Das Summen verging, dann begann es zu toben es und mein Magen zog sich vor Angst zusammen, als ein Schwarm aus den Bäumen ausbrach. Sie waren nicht nur um uns herum, sie waren auch über uns und blockierten das schwache Licht mit ihrer schieren Masse. Ich stemmte mich dagegen und spürte, wie mein ganzer Körper in den Dreck unter mir gedrückt wurde, als sie gegen meinen Schutzschild krachten. Er hatte sich zu einer Kuppel um mich herum geformt und ein Gefühl des Eingeschlossenseins überkam mich, als sie auf ihn einschlugen, ihn vollständig bedeckten und mich in fast völliger Dunkelheit zurückließen. Ich atmete tief durch und wünschte mir verzweifelt, dass ich wüsste, wie man Licht macht.

Ein seltsames Gefühl der Dringlichkeit überkam mich plötzlich und ich spürte, wie Ares Präsenz auf meine Gedanken eindrang. In dem Augenblick, in dem ich mir ihn vorstellte, ertönte seine Stimme in meinem Kopf.

»*Ich werde einen Feuerball erschaffen. Und dafür brauche ich einen Schwall deiner Kraft.*«

Er bat nicht gerade um die Erlaubnis, meine Kraft zu benutzen, aber er sagte es mir vorher, was eine deutliche Verbesserung gegenüber dem letzten Tribunal war.

»Okay.«

Ich spürte ein hartes Ziehen in meinem Bauch und ich kämpfte nicht dagegen an. Das Summen steigerte sich zu einer schrecklichen Kakophonie, dann war die Dunkelheit plötzlich verschwunden, stattdessen überflutete ein brüllendes Inferno aus Orange und Scharlachrot meine Kuppel. Die Oxys zerstreuten sich, das schreckliche Geräusch ihres Summens verklang schnell.

Ich stand vorsichtig auf, als die Flammen nachließen. Das Gefühl, der Hitze so nahe zu sein, sie aber nicht spüren zu können, war seltsam.

»Der Boden und das Laub sind zu feucht, um Feuer zu fangen«, sagte Ares und stand neben mir auf. Das Feuer leckte auch um eine unsichtbare Barriere ihn herum.

Ein paar verweilende Oxys schwirrten auf uns zu, zogen sich aber schnell zurück, als sie sich den Flammen näherten.

»Sie werden wiederkommen«, sagte Ares. »In ein paar Stunden werden sie vergessen haben, dass wir Feuer haben und es wieder versuchen.«

»Dieses Schilddding ist cool«, sagte ich und streckte die Hand aus, um es zu berühren. Meine Hand bewegte sich direkt durch die magische Barriere.

»Es ist eine nützliche Kraft, die wir haben. Der Stachel der Oxys ist tödlich.«

»Wenn sie mich also stechen würden, hätte ich drei Sekunden Zeit, bevor ich sterbe?«

»Nein. Ihr Stachel wirkt schlimmer als das. Er wird dich dauerhaft verrückt machen. Du wirst zu einer tollwütigen Hülle deines Selbst.«

Ich hatte sofort viel mehr Angst vor den Oxys, als ich es noch vor dreißig Sekunden gehabt hatte.

»Warum zum Teufel hast du mir das nicht vorher gesagt?«

Ares sah mich an und zuckte mit den Schultern.

»Ich wollte nicht, dass du in Panik gerätst.«

»Na toll.«

»Apropos tödlich, deine Kraft ist jetzt stark genug, dass ich davon ausgehen kann, dass sich deine Unsterblichkeit manifestiert haben wird.«

»Warte, was?«

»Es ist nicht klug, es zu testen, aber ich glaube, dass es etwas extrem Seltenes oder Starkes brauchen würde, um dich jetzt zu töten.«

»Aber ich dachte, Halbgötter sind nicht unsterblich?« Ich spürte, wie meine Augen sich weiteten, während mein Herz in meiner Brust galoppierte. »Nur richtige Götter sind doch aber unsterblich, oder nicht?«

Ares starrte mich an, die Flammen um uns herum erloschen nun, und das Summen war fast verschwunden.

»Du bist kein Halbgott.«

»Was bin ich dann, verdammt?«

»Ich habe es dir schon gesagt. Du bist die Göttin des Krieges. Wir sollten unsere Schilde fallen lassen und unsere Energie sparen.«

Ich sagte ihm nicht, dass ich in der Sekunde, in der er gesagt hatte, ich sei unsterblich, meinen Schild völlig vergessen hatte.

»Unsterblich im Sinne von - ich kann nicht sterben?«

»Das ist die Definition von unsterblich, ja.«

»Nun, verdammt.« Die schiere Tragweite, für immer zu leben, war zu gewaltig für mich. Eine Kaskade von Möglichkeiten und Ängsten durchströmte mich, und Ares drehte sich in die Richtung zurück, in die wir gegangen waren, hob sein Schwert und begann, auf Äste zu einhacken. »Warte! Du kannst nicht einfach so eine Bombe hochgehen lassen und dann weitermachen als sei nichts geschehen!«

»Ich dachte, du hättest das schon begriffen.«

»Verdammt, ich kann nicht einmal einen Bruchteil

von dem, was du kannst, natürlich bin ich nicht auf die Idee gekommen, unsterblich zu sein! Wer sonst in Olymp ist unsterblich? Heißt das, wenn ich mich in jemanden verliebe, der nicht unsterblich ist, muss ich zusehen, wie er stirbt, wie in dem Disney-Film Hercules? Was ist, wenn ich so werde wie du und ich den Nervenkitzel des Kämpfens verliere?« Die Bedenken und Ängste purzelten mir von den Lippen und ich war selbst überrascht, wie sehr sie von Sorgen dominiert wurden.

War es eine gute Sache unsterblich zu sein?

Aber das passte mir überhaupt nicht in den Kram. Was war der Sinn von allem, wenn es unendlich war? Wie konnte man im Moment leben, wenn der Moment ewig dauerte?

Ich wollte *nicht* unsterblich sein.

»Wir müssen diesen Drachen finden. Bleib in Bewegung.«

Ich tat, was er sagte, aber nur, weil ich zu abgelenkt war, um zu widersprechen. Ich trat in sein Kielwasser und erlaubte ihm, den Weg für uns freizumachen, während ich versuchte, mich mit dem Gedanken zu arrangieren, nicht sterben zu können.

Aber ich konnte es nicht. Es war einfach zu... unmöglich.

»Ich glaube nicht, dass ich damit umgehen kann«, sagte ich schließlich zu Ares.

»Mit was umgehen?«

»Mit der Unsterblichkeit. Das ist zu dumm.«

»Ich habe dir gesagt, dass du die Kraft einer Göttin hast und dass du immer stärker wirst. Wie kommt es, dass du das erst jetzt in Betracht ziehst?«

»Falls du es noch nicht bemerkt hast, die letzten Tage waren verdammt hektisch für mich, Panzerknabe. Ich habe mich auf meine Magie konzentriert; ich habe nicht bemerkt, dass die Unsterblichkeit Teil davon ist.«

»Unsterblichkeit ist das begehrteste Gut im ganzen Olymp«, sagte er und schlug auf einen Haufen riesiger Blätter ein.

»Nun, ich will sie nicht. Zu wissen, dass man alles verlieren könnte, lässt einen das, was man hat, umso mehr schätzen. Das weiß ich aus meinen Shows. Menschen, die alles als selbstverständlich ansehen, verlieren die Fähigkeit, wahres Glück oder Dankbarkeit zu erfahren.«

Ares hielt inne, dann nahm er sein Hacken wieder auf.

»Ich habe noch nie jemanden wie dich getroffen«, sagte er leise.

»Dito«, antwortete ich. »Was ist mit dem Dämon?«

»Was ist mit ihr?«

»Nun, wenn ich unsterblich bin, was bringt es dann, gegen sie zu kämpfen? Niemand kann gewinnen.«

Ares schlug nach dem besonders dornigen Astgewirr, das sich hinter den Blättern befand. »Sie stiehlt Seelen. Das wäre viel schlimmer als zu sterben. Sie könnte deine Seele in ewigen Qualen halten.«

»Ist die Entnahme der Seele die einzige Möglichkeit, einen unsterblichen Gott zu töten?«

»Es gibt viele alte Artefakte, die einem Unsterblichen schaden können, auch wenn sie nicht getötet werden können. Und nur wirklich mächtige Götter, die das Recht zu herrschen erhalten haben, wie mein Vater, können ihre Macht entfernen.«

»Und dir damit deine Unsterblichkeit genommen?«, fragte ich. Ares nickte. Dass Zeus Ares seine Macht gestohlen hatte, musste also schlimmer für ihn sein, als ich gedacht hatte. Sein Vater hatte ihn sterblich gemacht und ihm die Unsterblichkeit genommen. »Dein Vater ist ein totaler Depp.«

»Was ist ein Depp?«

Ich unterdrückte ein Kichern bei dem Gedanken, die Antwort auf diese Frage zu erklären, und antwortete ihm vage. »Das andere Wort für Arschloch.«

»Warum bleibst du nicht bei Arschloch? Es scheint dein Lieblingswort zu sein.«

»Ich habe beschlossen, es nur für dich zu reservieren«, erklärte ich ihm.

Er schaute mich an, und obwohl ich seinen Mund nicht sehen konnte, um zu bestätigen, dass er lächelte, war da definitiv ein Schimmer von Belustigung in seinen Augen.

BELLA

Wir schlugen uns noch eine weitere Stunde, die sich endlos anfühlte, durch den Wald. In der Zwischenzeit vermied ich es über Unsterblichkeit nachzudenken, und übte stattdessen, meine Sinne zu schärfen. Das war eine Fähigkeit, die ich zuvor zufällig als eine meiner Mächte entdeckt hatte. Ich musste diese neue unbekannte Seite in mir erst verstehen und kennenlernen, bevor ich mit Ares darüber sprechen konnte. Ich entschied mich, es Ares gegenüber nicht zu erwähnen und staunte stattdessen im Stillen darüber, wie ich mein verstärktes Gehör und Sehvermögen nach Belieben auf Geräusche und Anblicke projizieren konnte, die mich interessierten.

Ich lauschte aufmerksam auf das Klopfen des Herzens des Kriegergottes in seiner Brust, als der Boden unter meinen Füßen nachgab.

Ein Schrei des Entsetzens verließ meine Lippen, als ich nach unten stürzte. Bevor ich meine Überraschung überwinden konnte, um an meiner Kraft zu zerren oder irgendetwas Nützliches zu tun, schlug mein Rücken mit einem Platschen gegen etwas Kaltes und Hartes, und dann begann ich zu sinken. Ich war ins Wasser gefallen, stellte ich fest, meine Sicht war rot als Reaktion auf den Schmerz und den Schock. Meine gewohnte Konzentration konnte nicht mit meiner stürmischen Panik mithalten.

»Bella!«, hörte ich Ares brüllen und ich schrie auf, während ich mit den Beinen strampelte und versuchte, mich aufzurichten, plötzlich spürte ich, wie sich etwas um meine Oberschenkel und Hüften wand und mich festhielt. Für einen Augenblick konnte ich meinen Kopf über die Oberfläche drücken, sodass ich verzweifelt nach Luft ringen konnte, bevor ich zurück in die Finsternis gezerrt wurde.

Ich hatte *Ischyros* in der Hand und schlug blindlings mit der Klinge unter dem Wasser zu, aber der Griff um mich ließ nicht nach, die Waffe traf nichts. Ich konnte nicht mehr klar sehen, mein Strampeln ließ das trübe Wasser in Aufruhe geraten. Die Wellen überschlugen sich, aber ich konnte dennoch die Umrisse eines Tentakels ausmachen. Ich trat weiter, so fest ich konnte, und mein Kopf durchbrach für einen weiteren kurzen Moment die Oberfläche. Ich sah einen goldenen Schimmer, bevor ich wieder unterging.

Ares war mit mir im Wasser.

»*Bleib ruhig!*« Seine Stimme war ein dringender Befehl in meinem Kopf, und ich strampelte, um an die Oberfläche zu kommen. »*Du kannst unter Wasser atmen.*«

»Nein!«, keuchte ich, bevor ich wieder unter die Oberfläche gezerrt wurde.

»*Doch. Du bist unsterblich.*«

Doch die Panik siegte. Ich war ein Kämpfer, kein

Verrenkungskünstler. Ich war gefangen und konnte mich nicht befreien, ich konnte nicht atmen. Mir wurde schwindelig und ich spürte, wie meine Kräfte schwanden, als mich der Gedanke ans Ertrinken überwältigte.

»Bleib ruhig!«

Das Wasser um mich herum war trübe, aber ich konnte Ares leuchtend rote Feder deutlich durch das dreckige Wasser vor mir sehen. Ein schmerzhaftes Brennen in meiner Brust schrie nach Luft und ich versuchte, mich frei zu kämpfen, um an die Oberfläche zu gelangen. Doch etwas zerrte an meinen Beinen und ich wurde weiter nach unten gerissen.

Ich war dabei zu ertrinken. Ich war gefangen. Meine Lunge würde sich mit Wasser füllen und ich würde sterben.

Riesige schwarze Punkte zogen über mein Sichtfeld, als meine Beine aufhörten zu treten, denn das Geschöpf hatte sich jetzt so fest um sie gewickelt, dass ich mich nicht mehr bewegen konnte.

»Das wird weh tun, aber du wirst überleben. Wir brauchen deine Kraft, Bella. Bleib bei Bewusstsein.«

Ares Stimme war ruhig und beruhigend in meinen Gedanken und ich klammerte mich an sie, während die letzten paar Luftblasen aus meinem Mund entwichen. Meine Brust brannte, als ich meinen Kopf langsam drehte und versuchte, seine Augen zu finden, mich auf etwas anderes zu konzentrieren als auf die Dunkelheit, die mir meine Sicht stahl. Ich spürte ein schmerzhaftes Pulsieren in meinem Kopf und ich fühlte, wie Ares meine Hand ergriff, die *Ischyros* hielt.

»Lass das Schwert nicht los. Was auch immer passiert, lass nicht los.« Ich wurde wieder nach unten gezerrt, und

das Licht an der Oberfläche verblasste. Der Schmerz in meiner Brust war überwältigend.

Mein Mund öffnete sich und ich atmete ein, ohne jegliche Kontrolle über diese Aktion.

Ich weiß nicht, ob ich geschrien habe, als das eiskalte Wasser meinen Mund füllte und meinen Hals hinunter brannte. Ich war mir vage bewusst, wie sich der Griff um meine Hand festigte, meine Waffe wurde zu schwer, um sie alleine zu halten, als ein blendender Schmerz meine Brust erfasste. Ich drückte meine Augen zu und war mir bewusst, wie nahe ich daran war, ohnmächtig zu werden, während die Qualen durch mich hindurch fegten, jeder Instinkt in meinem Körper bettelte darum, abzuschalten, zu entkommen.

Aber ich weigerte mich, loszulassen, weigerte mich, der Versuchung nachzugeben. Ares sagte, ich müsse bei Bewusstsein bleiben.

Gerade als ich sicher war, dass ich die Qualen nicht länger ertragen konnte, schien ein Schwall kühler Luft aus dem Nichts meine Lungen zu füllen und ich würgte, stieß Wasser aus meiner Kehle aus, das wie Säure brannte. Meine Augen flogen auf und ich schnappte nach Luft, als ich merkte, dass es jetzt fast zu dunkel war, um etwas zu sehen, so tief waren wir.

Ich atmete unter Wasser.

Trotz der Dunkelheit wusste ich, dass Ares immer noch bei mir war, seine Hand war immer noch um meine geklammert. Als ich mehr Wasser ausspuckte, versuchte ich mich zu orientieren und stellte fest, dass das Ding, das sich um meine Beine gewickelt hatte, nun bis zu meiner Taille reichte. Ich tastete mit meiner anderen Hand danach und schreckte zurück, als ich einen schleimigen Tentakel berührte. Ich spürte, wie die Kraft unter meinen

Rippen heiß aufflackerte, und ich zog daran und versuchte, einige heilende Energie zu meiner rauen Kehle zu schicken.

»*Ares?*« Ich schickte den Gedanken zu ihm und sprach ihn auch laut aus, wobei meine Stimme augenblicklich im Wasser unterging.

»*Schneide die Tentakel mit deinem Schwert durch.*«

Seine mentale Stimme war schwach und angestrengt, und Angst um ihn durchströmte mich. Irgendetwas stimmte definitiv nicht. »*Geht es dir gut?*«

»*Schneide sie durch.*« Ich spürte, wie sich seine Hand von meiner löste und meine Waffe freigab.

»*Ich kann nicht sehen, wo sie sind.*« Nach einer Sekunde erhellte ein schwaches Glühen das trübe Wasser. Es war Ares Rüstung. Ich konnte seine Augen nicht sehen, aber der goldene Schimmer reichte aus, um die violetten Tentakel zu sehen, die sich um uns beide wickelten, als ich nach unten sah.

Ohne zu zögern schnitt ich durch sie hindurch. Sobald meine Klinge das Glied traf, begann das Geschöpf zu strampeln, und Ares und ich flogen noch immer in dem eisernen Griff durch das trübe Wasser. Ich reagierte, und der rote Nebel färbte das goldene Lichtein , als meine Klinge wie im Rausch immer wieder ihr Ziel traf.

Ich konnte Ares zuerst befreien, nur eine Sekunde bevor ich den letzten Tentakel, der mich festhielt, durchtrennte. Ich begann sofort, nach oben zu treten und hielt nur inne, um zu sehen, ob Ares mir folgte.

Das tat er nicht. Ich zog meine Beine hoch und machte eine Drehung um meine eigene Achse im Wasser, um nach unten, statt nach oben zu schwimmen. Energie raste jetzt durch mich, und meine Panik verwandelte sich in Entschlossenheit.

Ares Glühen verblasste und die Angst blieb mir im Hals stecken, als ich merkte, dass er tiefer unterging. Die Tentakel waren nirgends zu sehen, Gott sei Dank, und ich schwamm schnell hinter ihm her.

»*Ares!*«

Er antwortete mir nicht, sein Glühen war fast vollkommen verschwunden und er sank immer schneller. Wenn er ganz aufhörte zu leuchten, würde ich ihn unten in der Dunkelheit verlieren. Neue Panik schwoll in mir an, und ich peitschte durch das dunkle Wasser hinter ihm her.

Gerade als ich meine Hand auf seinen Arm legte, erlosch sein Licht.

Kraft flammte in meiner Brust auf, und ich wusste instinktiv, dass das, was auch immer Ares benutzt hatte, gerade zu mir zurückgekehrt war. Ich hatte jetzt meine ganze Kraft, ich teilte sie nicht mehr. Das bedeutete, dass Ares ohnmächtig war.

In einem kontinuierlichen Strom von Flüchen, trat ich im Wasser und kämpfte mich nach oben. Ungelenk zog das Gewicht des Gottes des Krieges mit mir mit. Aber er war schwer, und wir waren so tief, dass ich zu langsam war. Ich wusste, ich würde ihn nicht rechtzeitig an die Oberfläche bringen, wenn er aufgehört hatte zu atmen. Wie funktionierte die Unsterblichkeit, wenn er keine Kraft hatte oder bewusstlos war? Würde er überleben? Warum gab es keine verdammte Anleitung für all das?

Wut und Frustration durchströmten mich, und mit ihr ein Schwall an Energie, den ich mehr denn je brauchte. Meine Beine schienen anzuschwellenden, während ich schwamm, und ein Hoffnungsschimmer trieb mich weiter. Ich schöpfte aus der brennenden Hitze in mir und wollte mich selbst dazu bringen, größer und stärker zu werden, um die Oberfläche schneller zu erreichen.

Und das tat ich. Ich spürte, wie ich größer wurde, mit jedem Tritt meiner Beine wurde ich kraftvoller, und Ares fühlte sich leichter an.

Als ich die Wasseroberfläche durchbrach, warf ich Ares fast im Bogen auf den Waldboden und kletterte ihm durch das moosbewachsene Unterholz hinterher. Nach Luft ringend drehte ich ihn um, kippte seinen Kopf zur Seite und versuchte, auf seine Brust zu massieren, um das Wasser herauszudrücken. Aber seine Rüstung war solide und ich konnte seine Brust nicht bewegen. Ich zog seinen Helm von seinem Kopf und enthüllte seine papierblasse Haut. Verzweifelt presste ich meine Hände an sein Gesicht und zog an meiner Kraft, versuchte sie durch unsere Berührung in ihn zu zwingen.

»Nimm meine Kraft«, flüsterte ich, meine Kehle war rau. »Bitte. Bitte öffne deine Augen.«

Wasser sprudelte plötzlich aus seinem Mund und er rollte sich auf die Seite, was mich fast dazu brachte, loszulassen. Aber ich hielt an seinem Gesicht fest und ließ meine heilende Kraft in ihn einfließen. Erleichterung durchströmte mich. Er hustete und würgte Wasser hoch, während ich murmelte, dass alles in Ordnung sei, und nach einer gefühlten Ewigkeit sah er endlich zu mir auf.

Seine Atmung rasete und in seinen trüben Augen lag eine neue Intensität. Er schob sich sein nasses Haar aus dem Gesicht.

»Bist du in Ordnung?«

»Ich bin am Leben«, krächzte er. »Dank dir.«

Langsam ließ ich meine Hände von seinem Gesicht gleiten, und er bewegte sich, um sich aufzusetzen.

»Was ist passiert?«, fragte ich ihn.

»Ich... ich konnte nicht genug von deiner Kraft nehmen, ohne dir zu schaden. Du brauchtest sie, um die Panik zu überleben.«

Ich starrte ihn an.

»Du hast die Kraft für mich aufgegeben?«

Er sah auf seine Hände hinunter, dann stand er auf und stolperte ein wenig.

»Es war die einzige Möglichkeit für uns beide zu überleben.« Seine Stimme war brüsk und er sah mich nicht an, während er begann, auf seine Rüstung zu schlagen, um das Wasser aus ihr herauszubekommen. »Wenn ich das Bewusstsein verlieren würde, wusste ich, dass du genug Kraft haben würdest, um uns beide zu befreien. Wenn du das Bewusstsein verloren hättest, hättest du mich nicht retten können. Bis du wieder zu dir gekommen wärst, wäre ich schon tot gewesen.«

Seine Worte waren wahr. Ich war diejenige mit der Kraft; ohne mich war er verloren. Es war logisch, mich als Retter auszuwählen. Doch seine Unbeholfenheit sprach eine andere Sprache.

Der Mann handelte aus Stolz und einem Impuls heraus und hatte in einem früheren Kampf kaum Selbstbeherrschung beweisen können. Dass er sich also selbst davon abhielt, meine Kraft zu nehmen und sich von mir retten ließ... Das war definitiv eine Seite von Ares, die ich noch nicht gesehen hatte.

ELF

Meine Kehle und meine Lungen brannten mit einem Gefühl, das ich seit Jahrhunderten nicht mehr erlebt hatte, abgesehen von einem kurzen Moment während des Kampfes mit meinem Vater.

Schmerz.

Verdammt sei meine Sterblichkeit! Wenn Bella stärker war, würde ich in der Lage sein, ihre Macht effektiver zu teilen. Oder etwa nicht? Was würde passieren, wenn wir sie nicht beide nutzen könnten, um dem Tod zu entkommen?

Ein unbehagliches Gefühl kroch meine schmerzende Wirbelsäule hinunter, als ich mich von ihr abwandte. Es war wahr, dass es keinen Sinn gemacht hatte, sie das Bewusstsein verlieren zu lassen. Ich wäre mit Sicherheit umgekommen.

Aber das war es nicht, was mich dazu getrieben hatte, von ihrer Kraft abzulassen. Das war es auch nicht, was mir durch den Kopf ging, als sich zum ersten Mal in meiner Erinnerung die Schwärze um mich herum schloss und der Tod sehr real erschien.

Das Einzige, was mir durch den Kopf ging, war, sie zu retten. Ihre Angst zu spüren, während sie um ihr Leben kämpfte, hatte einen Instinkt in mir ausgelöst, von dem ich nicht gewusst hatte, dass ich ihn in mir trug. Sie brauchte ihre ganze Kraft, um unter Wasser zu atmen, um ihre Unsterblichkeit zu nutzen. Und ich hatte es ihr ohne zu zögern erlaubt. Aber warum?

Warum hatte ich das getan?

Die Macht, die sie über mich hatte, wurde gefährlich. So nah war ich dem Tod noch nie gekommen, und ich hatte mein Leben in ihre Hände gelegt. Sie könnte meine tödlichste Gegnerin sein.

Ich drehte mich ein wenig und versuchte einen Blick auf sie zu werfen, ohne dass sie es bemerkte. Sie stand mit dem Rücken zu mir, die Hände in die Hüften gestemmt, und musterte den Wald. Ihr blondes Haar hing nass bis auf den Rücken und ich stellte mir vor, wie sie sich ihr enges Shirt auszieht. Sie war größer als sonst, fiel mir auf, und die Muskeln in ihren Waden und Bizeps waren viel größer als vorher. Ihre Kraft hatte dazu beigetragen, dass sie stark genug gewesen war, um mich an die Oberfläche zu ziehen, und ich war mir nicht sicher, ob sie es überhaupt bemerkt hatte.

Ich glaubte nicht, dass sie sich bewusst war, dass sie mein Leben in ihren Händen hielt und ich ihr ausgeliefert war.

»Ich glaube, ich weiß, wo der Drache ist«, sagte sie, und ich wandte mich ab, bevor sie mich dabei erwischte, wie ich sie anstarrte.

»Wo?« Ich bückte mich, um meinen Helm aufzuheben.

»In dieser Richtung gibt es einen deutlichen Mangel an Vögeln.«

Ich holte tief Luft, dann rammte ich mir den Helm auf den Kopf und stellte mich ihr gegenüber. Ihre Augen fingen meine ein, und ich konnte Besorgnis in ihnen aufblitzen sehen, bevor sie dorthin schaute, wohin sie zeigte.

»Ja. Dort spüre ich die größte Gefahr«, nickte ich. »Woher weißt du, dass dort weniger Vögel sind?«

»Ich kann sie hören. Oder besser gesagt, ich höre sie nicht.«

Sie begann selbstständig zu lernen, einige ihrer Kräfte zu nutzen, was bedeutete, dass ich nicht umhinkam, ihr beizubringen, sie zu kontrollieren.

»Ist dir klar, dass du größer geworden bist? Um deine Kräfte zu sparen, solltest du dich jetzt wieder auf deine normale Größe schrumpfen.«

Sie blickte erschrocken an sich herunter.

»Mist. Du hast recht. Ich bin fast so groß wie du.« Ein Staunen lag in ihrer Stimme, von dem ich sofort mehr hören wollte. Oder die Ursache dafür sein wollte . »Wie kann ich schrumpfen?«

»Beschließ einfach wieder normal groß zu sein.«

Sie schnaubte und zog eine Augenbraue hoch.

»Normal? Vergiss es. Ich war in meinem Leben noch nie normal. Und ich werde definitiv nicht jetzt damit anfangen.«

Ich konnte mir ein Lächeln nicht verkneifen, aber sie konnte es hinter meinem Helm nicht sehen.

»Du weißt, was ich meine«, sagte ich. »So wie du vorher warst.«

Sie schloss ihre Augen und begann mit einem schwachen goldenen Schimmer zu ihrer vorherigen Größe zurückzukehren. Als sie ihre Augen wieder öffnete, wirbelte sie um ihre eigene Achse.

»Ich werde gut diese Magie-Sache gut machen. Das merke ich jetzt schon.«

»Warum glaubst du, dass ich mich weigere, dir etwas beizubringen?«, antwortete ich und bereute die neckische Bemerkung sofort. Aber anstatt in eine Tirade von Fragen und Forderungen überzugehen, zuckte sie nur mit einer Schulter.

»Sieht so aus, als brauche ich dich nicht. Ich habe gerade unsere beiden Ärsche alleine gerettet. Und ich weiß, wo der Drache ist.«

Empörung durchfuhr mich.

»Ich bin ein Olympier. Ich kann dir Dinge beibringen, von denen du nicht einmal wusstest, dass sie möglich sind.«

»Panzerknabe, für mich ist buchstäblich alles auf dieser Welt unmöglich. Das ist wohl kaum eine gewagte Behauptung.«

Ich verschränkte die Arme.

»Die Unendlichkeit würde nicht ausreichen, um dir alles beizubringen, was ich weiß.«

»Oh, du bist aber ein kluger Junge!« Ihr Grinsen machte etwas mit mir. Etwas Unerwartetes und Unangenehmes. »Na dann los. Bring mir etwas bei, was sonst niemand kann.«

Mit einem Ansturm von unerwartetem Verlangen füllte sich mein Kopf mit Ideen, was ich Bella beibringen könnte, das nichts mit Krieg oder Kämpfen zu tun hatte.

Die Verbindung, die wir teilten, muss meine Gedanken übersetzt haben, denn in der Sekunde, in der meine Augen ihre trafen, erwachte das Feuer in ihrer Iris zum Leben. Eine Trommel erklang in der Ferne, erst langsam, dann lauter und schneller, als würde mein eigener Herzschlag den Takt vorgeben. Bella trat vor, ihre Augen waren wild und ihre Lippen öffneten sich.

Meine Hände wanderten zu meinem Helm, bevor ich sie aufhalten konnte, und als ich ihn von meinem Kopf zog, stieß Bella einen gehauchten Laut aus. Mein Körper erwachte bei ihrer Reaktion auf mich zum Leben, Verlangen ersetzte alle anderen Gedanken, als ich den Helm auf den Boden fallen ließ.

Ich machte den letzten Schritt, um die Distanz zwischen uns zu schließen, und sie legte ihre Hand auf meine Wange und ich strich über ihre.

»Du hast mich gerettet«, flüsterte sie, und die Flammen füllten ihre Augen, grimmig und heiß und unwiderstehlich. Die Trommeln des Krieges schlugen laut um uns herum.

»Und du mich«, hauchte ich, und dann berührten ihre Lippen meine, und der gottverlassene Wald um uns herum verschwand.

Alles, was ich jetzt noch spürte, war ihr Geschmack, ihre Hitze, ihre Leidenschaft. Unsere Zungen bewegten sich in einem Tanz, der erotischer war, als ich ihn je erlebt hatte, und mein Geist füllte sich mit dem Verlangen, jeden Teil ihres Körpers an meinem zu spüren.

Sie stöhnte leise, als ich den Kuss unterbrach, und küsste ihren Nacken und ihren schlanken Hals. Sie schob ihre Finger in mein Haar, und ihre Nägel hinterließen Spuren von kribbelndem Verlangen auf meiner Haut.

Ich wollte sie. Und es war mehr als nur ihr Körper, den ich brauchte. Sie gehörte zu mir. Ich wusste es, mit einer plötzlichen und fast schmerzhaften Klarheit.

Sie gehörte zu mir.

»*Ares.*« Ich erstarrte, als mir klar wurde, dass die

eisige Stimme, die ich gerade in meinem Kopf gehört hatte, nicht Bellas war. *»Es ist eine Sache, meinen Befehl zu ignorieren. Es ist eine andere, es vor der ganzen Welt zu tun.«*

BELLA

»W-Was ist los?«

Ares war unter mir erstarrt. Einen Moment zuvor hatte sein heißer, hungriger Mund die empfindliche Haut an meinem Hals geküsst, und im nächsten war er starr wie eine Statue.

»Wir werden beobachtet.« Seine Stimme war angestrengt.

Ich konnte das Blut in meinem Kopf pochen hören, und mein Verlangen war so intensiv, dass sich mein ganzer Körper anfühlte, als würde er in Flammen stehen. Aber ich hockte mich hin und hob meine Waffe von dort auf, wo ich sie fallen gelassen hatte, und versuchte, mich auf die Bedrohung zu konzentrieren. Dies war einer der gefährlichsten Orte der Welt, erinnerte ich mich und versuchte, die Glückseligkeit zu verdrängen, die Ares Kuss in mir ausgelöst hatte. Wir waren schon von Oxys und einem Monsterkraken oder so etwas angegriffen worden. Küsse konnten warten.

Ich wollte nicht warten. Ich wollte alles, was Ares

hatte, und ich wollte es mehr, als ich jemals etwas gewollt hatte. Ich hatte nicht einmal gewusst, dass ein so intensives Verlangen möglich war.

»Wo?«, flüsterte ich. »Ich kann nichts sehen.«

»Das Tribunal wird live ausgestrahlt. Der ganze Olymp schaut uns zu. Ich habe gerade eine Nachricht von einem der Götter erhalten.«

Ich drehte mich langsam wieder zu ihm um.

»Aphrodite?«, fragte ich durch zusammengebissene Zähne. Meine unverbrauchte Leidenschaft verwandelte sich schnell in Wut.

Eine weibliche Stimme hämmerte in meinem Kopf, fast schmerzhaft laut.

»*Du versuchst, die Göttin der Liebe zu verhöhnen?*« Aphrodites kalte Stimme fühlte sich wie eine Peitsche auf meinem Schädel an, und ich spürte, wie ich zusammenzuckte. »*Dafür werdet ihr bezahlen. Ihr werdet beide dafür bezahlen.*« Ein brennender Schmerz durchzog meinen Kopf und meinen Nacken und ließ mich qualvoll aufstöhnen.

»Bella!« Ares kauerte vor mir und nahm mein Gesicht in seine Hände, während schwarze Punkte über mein Sichtfeld schwebten.

»Es geht schon«, keuchte ich. »Verdammt, das war schmerzhaft.«

»Nutze deine Magie. Heile dich.« Seine Stimme war fast zärtlich. Sein Ton war so sanft, dass ich ihm kaum zutraute, dazu fähig zu sein.

»Der Schmerz ist jetzt weg. Was hat sie gemeint?« Ich richtete mich langsam auf und blinzelte umher.

»Ich glaube, Aphrodite hat gerade versucht, dich zu verfluchen.«

Mein Magen krampfte sich zusammen, und Angst und Wut kräuselten sich in mir.

»Was?«

»Wir brauchen jemanden, der sich mit ihrer Magie auskennt, um es zu bestätigen, aber ich bin mir ziemlich sicher, dass wir sie uns zum Feind gemacht haben.«

Ich blickte in sein schönes Gesicht, verkniffen und wütend. Und errötet. Er wollte mich. Daran hatte ich nicht den geringsten Zweifel. So einen Kuss konnte man nicht zweimal fälschen.

Zögernd schickte ich ihm einen Gedanken zu.

»Sobald wir alleine sind, bringen wir das zu Ende.«

Seine Augen fixierten meine, und für eine Sekunde war der Hunger in ihnen so räuberisch, dass Hitze in mein Inneres zurückkehrte. Doch er antwortete mir nicht.

Stattdessen ging er in die Hocke, hob seinen Helm auf und setzte ihn sich wieder auf. *Ischyros* glühte heiß in meiner Hand. Dieses Arschloch hatte mich vor aller Welt bewusstlos gemacht, und nun hatte er meine sexuellen Avancen auch noch vor ihnen zurückgewiesen. Der rote Nebel nahm den Rand meines Sichtfeldes ein.

Ich öffnete den Mund, bereit, ihm unmissverständlich zu sagen, dass er, wenn er immer noch auf Aphrodite stand, eine Frau, die ihn wie Scheiße behandelte, mich besser nicht noch einmal anfassen sollte. Doch er sprach zuerst.

»Nach dir.« Er gestikulierte in den Wald.

»Du bist eine Trophäe für sie. Ist es das, was du willst?«

Eine Welle der Hitze rollte von ihm ab und ich spürte ein Ziehen in meinem Bauch. »Entweder ich zerhacke diesen Wald, oder dich!«, zischte er mir zu.

Ich fletschte die Zähne, hob *Ischyros* in die Höhe und

ließ das Schwert durch den nächsten Haufen verworrener Äste krachen.

Sobald ich angefangen hatte, konnte ich nicht mehr aufhören. All meine aufgestaute Energie, meine Sehnsucht nach Ares, meine Angst vor dem Ertrinken und meine Verwirrung über alles, was vor sich ging, floss in die Klinge und ich schlug zu und hackte mit rücksichtsloser Hingabe. Ich war mir nicht einmal sicher, ob ich mir einen Weg durch das Unterholz bahnte oder einfach nur ein Stück beschissenen Waldes zertrümmete.

»Bella, hör auf.« Ich keuchte, als ich mich zu Ares umdrehte, nur Gott weiß wie viel später.

»Warum?«

»Die Oxys kommen wieder.«

Ich schickte meine Sinne aus und knurrte, als ich sie hörte.

»Gut. Ich schlage sie aus der verdammten Luft.« Ich schwang mein Schwert wie einen Baseballschläger und Ares packte mich am Arm.

»Bella, wenn du gestochen wirst, gibt es keine Heilung. Du wirst dein ganzes Leben lang in einer Welt des Wahnsinns gefangen sein.«

Ich ließ meinen Arm sinken. Seine Worte waren ernst genug, um mich aus meiner schwertschwingenden Wut herauszureißen.

»Gut. Was sollen wir tun?«

»Ich kann etwas unter uns spüren. Etwas Gefährliches.«

»Mehr oder weniger als die Oxys?«

»Ich weiß es nicht, aber es bedeutet, dass es unter der Erde einen Gang oder Höhlen oder etwas Ähnliches geben muss. Vielleicht können wir uns irgendwo hinbewegen, wo die Oxys nicht an uns herankommen können.«

Wir brauchten weniger als eine Minute, um einen Höhleneingang zu finden, der in dem dichten Blattwerk versteckt war. Das war jedoch genug Zeit, dass sich die Lautstärke des Summens verdoppelt hatte.

Kaum hatten wir die Höhle betreten, war der Geräuschpegel so laut, dass ich kaum noch meine eigenen Gedanken hören konnte. Gemeinsam wuchteten wir so viele lose Felsbrocken und Steine, wie wir finden konnten, in den Eingang und beteten, dass die Oxys nicht herausfanden, dass wir uns hinter dem Gestrüpp befanden, das diese Höhle verbarg.

Ich hatte das Gefühl, dass wir einen großen Fehler begangen hatten und uns in einer Höhle einschlossen, von der wir wussten, dass sie etwas Gefährliches enthielt. Aber die Oxys waren die unmittelbare Bedrohung, und wir konnten nur mit dem umgehen, was wir sehen konnten.

»Du musst mir das Leuchten beibringen«, sagte ich und blinzelte in die Dunkelheit.

»Denk an etwas, das viel Licht abgibt.«

»Wie die Sonne?«

»Ja. Ich denke an Sonnensegel, auf einem Schiff.«

Ich dachte an die kolossalen Segel am Mast des Dämonenschiffes, die wie flüssiges Metall schimmerten und leuchteten.

»Gut.« Ich sah auf. Ein Lächeln breitete sich auf meinem Gesicht aus. Ich glühte golden.

»Du glühst, wenn du viel Energie verbrauchst«, sagte

ich und sah zu Ares auf. Auch er strahlte ein schwaches Licht aus. »Machst du das mit Absicht?«

»Nein. Das ist einfach das, was Götter tun.«

Ich erinnerte mich daran, wie meine Haut glühte, nachdem ich meine Kraft benutzt hatte, um mich so schnell im Körper des Hunderthänders nach oben zu bewegen.

»Was Götter tun«, wiederholte ich. »Ich bin ein echter Gott. Eine Göttin. Eine Gottheit.«

Ares sagte nichts, sondern wandte sich von unserer behelfsmäßigen Barriere ab und begann, in die Höhle hineinzumarschieren.

»Weißt du, Es macht keinen Spaß eine existenzielle Krise oder einen plötzlichen Geistesblitz zu haben, wenn du dabei bist«, sagte ich trocken und folgte ihm. »Eine verdammte glühende Goldgöttin zu sein, würde viel cooler sein, wenn ich jemanden dabeihätte, der mehr beeindruckt ist.«

»Alle Götter glühen. Das ist nicht beeindruckend.«

»Ich bin beeindruckt. Von mir selbst. Nicht von dir. Dein Glühen ist scheiße.«

Er sah über seine Schulter zu mir und ich zeigte ihm mit einem sarkastischen Grinsen den Stinkefinger. Er schüttelte den Kopf.

»Zu glühen oder eine Göttin zu sein, macht dich nicht weniger vulgär«, sagte er amüsiert.

»Nein. Scheinbar nicht.«

Die Höhle war weitläufig und kühl, und ich schickte meine neuen Supersinne aus, um nach etwas Gefährlichem oder Interessantem zu lauschen. Da war ein leises Krabbeln, aber es war weit weg und ich konnte das Geräusch nicht zuordnen. Wir liefen sicher für ein paar Stunden durch die Gänge, bevor Ares langsamer wurde. Sein Leuchten war sehr schwach geworden und ich spürte ein leichtes Ziehen in meinem Bauch, als er sich umdrehte und mich ansah.

Seine Stimme ertönte in meinem Kopf, anstatt die Worte laut auszusprechen: »*Wir müssen uns ausruhen.*«

Ich runzelte die Stirn, verzog mein Gesicht jedoch zu einer Maske der Gleichgültigkeit. Wir wurden vom ganzen Olymp beobachtet. Und der Gott des Krieges wollte nicht, dass die Welt wusste, dass er müde war. Der Schmerz seines Verrats in den Gruben und den Stich seiner Zurückweisung, als ich ihn beide Male geküsst hatte, ließ mich ernsthaft in Erwägung ziehen, ihn zu bestrafen, ihn zu zwingen, weiterzumachen, oder laut zuzugeben, dass er schwach war. Aber er wäre fast gestorben. Und wenn er ein Idiot sein wollte, konnte er mehr von meiner Kraft nehmen, anstatt sich auszuruhen, aber das tat er nicht.

»Sterblichkeit ist ganz schön blöd, was?«, antwortete ich ihm leise. Es war zu dunkel, um seine Reaktion zu sehen, aber ich machte Anstalten, meine Arme über meinen Kopf zu strecken und zu gähnen.

»Panzerknabe, ich bin am Verhungern!«, sagte ich laut. »Können wir anhalten und etwas essen?«

Wir machten uns einen kleinen Bereich an der Höhlenwand so gemütlich wie nur möglich. Wir fanden kleine Felsbrocken, auf denen wir sitzen konnten, und Ares kratzte etwas Moos von einem Teil der Höhlendecke, den ich nicht erreichen konnte, um sie zu polstern. Ich grub in dunklen Spalten herum, bis ich genug Aststücke und Zweige fand, um ein Feuer zu machen.

Als wir endlich um unser kleines Lagerfeuer saßen, schaute ich Ares an. »Wie kommen wir an Essen? Wir dürfen uns nicht mit Magie hier wegbewegen, um etwas zu holen.«

»Wir könnten um Hilfe bitten.«

»Wen können wir fragen?«

Ares legte den Kopf schief und dachte nach.

»Eine meiner treuen Untertanen.« Ich hob eine Augenbraue. »Meine Tochter«, sagte er.

»Verdammt, Panzerknabe. Ich bin noch nicht bereit, deine Familie kennenzulernen«, sagte ich, nur halb scherzend. Der Gedanke, dass Ares Kinder haben könnte, kam mir komisch vor. Er sah im richtigen Alter dafür aus, zwei strahlende, wunderschöne Kleinkinder zu haben, und es war mir unheimlich, dass ich wusste, dass er ausgewachsene, uralte Halbgötter-Sprösslinge hatte, die die Reiche des Olymps durchstreiften.

»Ich glaube, dass du mit Hippolyta einverstanden sein wirst. Sie ist die Königin der Amazonen.«

»Die Amazonen? Etwa da, wo Wonder Woman herkommt?«

»Ich weiß nicht, wer Wonder Woman ist, aber Hippolyta ist eine Frau und manchmal wundersam.«

Ich lachte heiser, war teils aufgeregt und teils so nervös, dass ich mir fast in die Hose machte.

»Hat sie eine Tochter namens Diana?«

»Nein.«

»Schade.«

»Dafür muss ich dir beibringen, mit anderen zu kommunizieren, die über die Macht des Krieges verfügen.«

»Erst bringst du mir das Glühen bei und jetzt auch noch die Kommunikationsmagie, alles an einem Abend. Du verwöhnst mich.«

»Ich dachte, du wolltest diese Sachen lernen? Nimmst du gar nichts ernst?«

»Doch, ich nehme es ernst. Ich bin nur nervös.«

»Hör auf zu reden.«

»Na schön.«

Meine Handflächen schwitzten tatsächlich ein wenig in dem kühlen Felsentunnel, als Ares sich nach vorne lehnte und seine Unterarme auf seine Knie stützte.

»Halte dein Schwert.«

Ich hob *Ischyros* auf und legte es flach über meine eigenen Knie, wobei ich den Griff umfasste.

»Stell dir vor, du führst eine Armee an. Es kann jede Gruppe von Menschen oder Kreaturen sein, die du magst, aber du bist ihr Anführer bist, ihr Kommandant. Jetzt denk dir eure Gegner aus. Du weißt, was sie vorhaben, wie sie es tun werden, und vor allem, dass du sie besiegen kannst.«

Ares Stimme war tief und intensiv und ich schloss meine Augen. Ich fand mich augenblicklich in einer Weite aus Gras und sanften Hügeln wieder. Jeder Zentimeter dieser Hügel war von Kriegern bedeckt. Hunderte von ihnen saßen auf Pferden, aber noch mehr waren zu Fuß unterwegs, und fast alle trugen grob gearbeitete Speere, Schwerter oder Bögen. In der Ferne zog sich eine schwarze Linie über den Horizont. Der feindliche Stamm, der unaufhaltsam auf uns zu marschierte. Die Kleidung, die die Soldaten trugen, sah mittelalterlich aus, und ich konnte nirgendwo in meiner Umgebung moderne Technologie erkennen. War ich im alten Britannien oder in Skandinavien?

Ich schaute auf die fiktive Version von mir herunter. Ich trug ein schlichtes lilafarbenes Kleid, das mit einem Fellumhang drapiert war, und ich hatte *Ischyros* in der einen Hand und den Schild mit den beiden Hengsten in der anderen. Und ich saß auf einem schneeweißen Pferd.

»Okay«, hauchte ich Ares zu und hielt meine Augen geschlossen – nur ungern wollte ich das imaginäre Szenario verlassen, das mir so leicht in den Sinn gekommen war.

»Lass die Vorfreude auf den Kampf wachsen. Lass deine Instinkte deine Pläne leiten. Und in dem Moment, in dem der Kampf beginnt, halte an diesem Gefühl fest.«

Ich tat, wie geheißen und ließ zu, dass der Rausch des bevorstehenden Kampfes mich verzehrte. Ich saugte das Adrenalin auf, das von den Menschen um mich herum ausgeströmt wurde, und es war, als würden ihre gesteigerten Emotionen direkt in meine Adern fließen. Die Krieger begannen zu singen, zunächst leise, und meine Haut kribbelte, als immer mehr Stimmen hinzukamen. Es dauerte nicht lange, bis der Kampfgesang ohrenbetäubend wurde und der Feind ganz nah war. Sie waren genauso gekleidet wie meine eigene Armee, aber in diesem Moment war es mir egal, wer sie waren. Ich war nur daran interessiert, wie ich sie besiegen konnte. Ich sah mir die sich uns nähernde Armee aufmerksam an und bemerkte sofort, dass sie weniger Pferde und mehr Bogenschützen hatten. Mein Verstand raste und berechnete präzise, wie schnell meine eigenen Reiter dorthin gelangen konnten, wo meine Soldaten mit Schilden sein mussten und wie lange es dauern würde, die Bogenschützen zu erledigen.

Ich brüllte Befehle, und der Kriegsgesang verklang, als die Männer und Frauen um mich herum ihnen bedingungslos gehorchten, und meine Anweisungen wiederholten, bis jeder genau wusste, was er zu tun hatte.

Ein seliges Gefühl der Aufregung legte sich über mich, als das Geräusch der über die Erde galoppierenden Hufe des Feindes zunahm. Es würde nur noch Augenblicke dauern, bis sie uns erreichen würden. Nur noch wenige Augenblicke, bis ich mich als wahrer Krieger beweisen konnte.

»Das ist es«, sagte Ares, und er klang, wie ich mich fühlte. Sein Tonfall war voller Vorfreude. »Halte dich jetzt an diesem Gefühl fest.«

»Was?«

»Halte dieses Gefühl fest, aber komm zurück in die Höhle. Sende deine Sinne aus und suche nach diesem Gefühl um dich herum.«

»Aber ich muss hier bleiben. Ich muss kämpfen.« Ich musste gewinnen.

»Es ist nicht real, Bella. Es ist...« Ares brach ab. »Es ist deine Kraft, die sich in deiner Vorstellung manifestiert. Komm zurück in die Höhle.« Langsam und widerwillig öffnete ich meine Augen. »Gut. Verliere dieses Gefühl nicht, halte dich daran fest. Schick deine Sinne hinaus.«

Ich unterdrückte meine Enttäuschung darüber, das imaginäre Schlachtfeld zu verlassen, und tat, was er mir sagte, wobei ich versuchte, die Vorfreude, die ich fühlte, aufrechtzuerhalten. Ich tat das, was ich mir früher an diesem Tag beigebracht hatte, doch anstatt meine Ohren zu spitzen, stellte ich mir vor, dass ich auf das Klirren von Stahl und die Schreie des Krieges lauschte.

Meine Kinnlade fiel herunter, als weißglühendes Feuer um Ares herum aufstieg und die Feder auf seinem Helm in Flammen aufging. Aber ich wusste, dass es nicht real war. Was ich sah bestand aus gleißendem Licht.

Meine Hand griff automatisch danach, neugierig was ich vorfinden würde.

»Du hast mich gefunden. Schau weiter.«

Ich nickte, sandte meine Sinne aus und plötzlich war es, als würde ich in der Dunkelheit Achterbahn fahren. Ich sauste durch ein tintenblaues Nichts und um mich herum blitzten immer wieder ähnliche weiße Flammen auf, die verschwanden, bevor ich langsamer werden konnte, um genauer hinzusehen.

»Ares?« Ich konnte die leichte Panik in meinem Tonfall hören, obwohl ich in der Höhle nichts mehr sehen konnte.

»Langsam. Konzentriere dich. Du willst Hippolyta finden.«

In Ermangelung einer Vorstellung der Königin der Amazonen versuchte ich stattdessen, ein Bild von Wonder Woman heraufzubeschwören und schrie fast auf, als meine mentale Achterbahn wieder zuckend losfuhr. Ich sauste durch die Dunkelheit und kam dann krachend vor einem Turm aus weißem Feuer zum Stehen.

»H-Hippolyta?«, flüsterte ich.

Eine Frau trat aus den Flammen, und mir fiel die Kinnlade herunter.

»Ich gewähre dir nur deshalb Zutritt zu meinem Geist, weil du aus meiner eigenen Macht geboren bist. Wer bist du?«

»Bella. Ähm, Enyo. Die, ähm, Göttin des Krieges«, stammelte ich. Gott, sie war beeindruckend.

Sie trug braunen Stoff, der mit einem grob aussehenden Seil über ihre Brust und Hüften gebunden war. Leuchtend rote Linien waren darauf gemalt worden. Ihr nackter Bauch, ihre Schultern und Arme waren von straffen Muskeln durchzogen, und sie wirbelte einen großen Kriegshammer in ihrer linken Hand. Kurze blonde Haare umrahmten ein grimmiges Gesicht mit den hellsten blauen Augen, die ich je gesehen habe.

Ihre Augenbrauen hoben sich, dann nickte sie.

»Ich hatte von den Versuchen meines Vaters gehört, aber hier in Themiscyra verschmähen wir alle Außenseiter und ihren Unsinn. Warum sucht ihr mich?«

»Ares sagte, du könntest uns etwas zu essen bringen. Wir sind in Paniks Reich, Dasos, in Skotadi, und es ist uns nicht erlaubt, diesen Ort zu verlassen.«

»Warum jagt ihr nicht nach Nahrung?«

»Ich, ähm, weiß es nicht«, sagte ich und fühlte mich ausgesprochen dumm.

Hippolyta runzelte die Stirn.

»Ich werde den Wunsch meines Vaters erfüllen«, sagte sie und klang dabei überhaupt nicht so, als wollte sie das tun.

»Danke!«, sagte ich, doch sie war bereits wieder in das Inferno hinter ihr getreten.

Ich spürte, wie mein Kopf nach hinten gezogen wurde und dann mein ganzer Körper hinterhergezogen wurde. Dann wurde vor mir die schwach beleuchtete Höhle wieder scharf, und Ares starrte mich aufmerksam durch die Schlitze in seinem Helm an.

»Sie ist...«, begann ich, doch bevor ich zu Ende sprechen konnte, war ein kleiner roter Lichtblitz zwischen uns erschienen. Etwas Totes, das sowohl mit Schuppen als auch mit Federn bedeckt war, war wie von Geisterhand auf dem Boden neben dem Feuer aufgetaucht. Ich neigte den Kopf.

»Ich hatte auf einen Burger gehofft.«

»Sie ist nicht glücklich darüber, dass ich sie um Hilfe gebeten habe«, sagte Ares ironisch.

»Was du nicht sagst. Was ist das?«

»Ein Nagetier.«

»Es sieht aus wie etwas, das wir selbst im Wald gefangen haben könnten.«

»Ich glaube, das könnte der Punkt sein, auf den sie hinauswollte.«

BELLA

Ich konnte nicht umhin, mich zu fragen, ob wir tatsächlich unser eigenes Essen hätten fangen könnten und Ares die Idee, Hippolyta um Hilfe zu bitten, als Vorwand benutzt hatte, um mich über meine Kriegskünste zu unterrichten.

Das war zumindest, was ich glauben wollte. Wir hätten versuchen können, Zeeva um Nahrung zu bitten, und es wuselte viel Zeug herum, das essbar gewesen sein musste. Die Königin der Amazonen um etwas zu essen zu bitten, erschien mir übertrieben. Er hatte sich so oft geweigert, mir etwas beizubringen, dass es schwer für ihn sein würde, plötzlich einen Rückzieher zu machen, und ich wurde das Gefühl nicht los, dass etwas anders war, seit er fast ertrunken war. Er benutzte auch nicht mehr so viel von meiner Kraft. Er hätte selbst mit seiner Tochter sprechen können. Warum also hatte er mich dazu gebracht, es für ihn zu tun?

Ares hatte das Tier vorbereitet, und wir saßen schweigend da, während es sich auf einem behelfsmäßigen Spieß über dem kleinen Feuer drehte.

»Sollen wir hier schlafen?«, fragte ich ihn schließlich. Die Stille war zu viel für mich und ich konnte sie nicht lange ertragen.

»Ich denke, hier ist es so gut wie an jedem anderen Ort, wenn wir schlafen müssen.«

»Wäre es besser, die Nacht durchzumachen? Sind Drachen in der Dunkelheit irgendwie anders?«

Er sah zu mir auf, aber ich konnte seinen Gesichtsausdruck nicht erkennen.

»Nimm deinen Helm ab«, sagte ich leise. Er zögerte. »Die Welt hat dein Gesicht schon gesehen.«

Langsam zog er seinen Helm ab und legte ihn mit übertriebener Vorsicht neben sich auf die Erde.

»Ich habe gesehen, wie du das Ding regelrecht auf den Boden geworfen hast. Warum jetzt die Zärtlichkeit?«

»Es ist symbolisch«, murmelte er. Das Feuerlicht flackerte über sein schönes Gesicht, spiegelte sich in seinen Augen und machte die harte Linie seines Kiefers weicher. Er schob sein Haar aus der Stirn und ich merkte, dass ich mir auf die Unterlippe biss. »Drachen sehen im Dunkeln genauso aus wie sonst auch«, sagte er und drehte den Spieß mit unserem Essen.

»Oh. Sehen sie aus wie Drachen aus meiner Welt?«

»Ich habe keine Ahnung.«

»Große schuppige Dinger mit Flügeln, die Feuer speien?«

»Sie sind riesig und haben Schuppen. Sie sind wie geflügelte Schlangen, mit Hörnern.«

»Klingt ähnlich«, sagte ich.

»Allerdings spucken sie kein Feuer.«

»Oh, gut.«

»Manche sind aus Feuer gemacht.«

»Was?«

»Andere aus Wasser, aber die meisten aus Muskeln. Sie sind sehr schlau. Sie werden versuchen, dich auszutricksen, damit du ihrem Willen folgst, und spielen dann Spielchen mit mir.«

»Na dann. Ich kann es kaum erwarten zu sehen, welchen Typ wir bekommen«, hauchte ich.

Als das Fleisch gekocht war, stellte ich mit einigem Widerwillen fest, dass die einzige Möglichkeit, es zu essen, darin bestand, ganze Stücke davon abzureißen. Zum Glück waren meine Überlebensinstinkte stärker als mein Würgereflex und ich wusste, dass ich Nahrung brauchte, um bei Kräften zu bleiben.

»Das war eklig«, sagte ich, nachdem ich den letzten Bissen hinuntergezwängt hatte.

»Du wirst Hippolyta noch beleidigen«, sagte Ares. Er schien sein Fleisch zu genießen.

»Tut mir leid, Hippolyta«, sagte ich zu der Höhle im Allgemeinen. »Sie hat gesagt, dass sie nicht aufgepasst hat, also wird sie das wohl nicht gehört haben«, sagte ich zu Ares.

»Nein, sie wird nicht aufgepasst haben. Ihr Stamm ist sehr abgeschottet.«

»Ares, wie tötet man einen Keres-Dämon?«

Er sah zu mir auf. »Man kann sie nicht töten. Sie sind an Hades gebunden, solange sie sich in seinem Reich befinden. Man muss sie zurückbefördern.«

»Wie können wir sie dann einfangen?«

»Wenn wir dieses Tribunal bestehen, brauchen wir das nicht.«

»Ich bin nur neugierig«, sagte ich.

Ares stieß einen langen Seufzer aus und richtete

seinen Blick auf mich. »Bella, einen uralten Todesdämon zu besiegen, ist keine Leistung, die du allein vollbringen kannst, und obwohl ich dein Bedürfnis verstehe, sie zu besiegen, solltest du dich von dem Gedanken verabschieden.«

Ich hatte nicht erwartet, dass ein Kriegsgott so defätistisch klingen würde.

»Ich muss sie besiegen, um Joshua zu retten«, sagte ich. Aber das stimmte nicht ganz.

Ich wollte den Dämon besiegen, weil ich mich noch nie so machtlos gefühlt hatte, nicht weil es der einzige Weg war, Joshua zurückzubekommen.

»Dieser Joshua«, sagte Ares und ließ seinen Blick auf seine Knie sinken. »Was ist er für dich?«

»Ein Freund«, sagte ich vorsichtig. »Er hat mir geholfen, als ich sehr frustriert und unglücklich war.«

»Warum warst du unglücklich?«

»Ich habe es dir schon gesagt, ich wusste, dass ich nicht dazu gehöre. Ich hatte zu viel Energie für die Welt, in der ich war. Ich fühlte mich zu Extremen hingezogen, zu Dingen, die nicht zu dem passten, was ich eigentlich in meinem Herzen wollte.«

»Das verstehe ich nicht.« Er schaute wieder zu mir auf, und sein Ausdruck war ernst.

Ich seufzte. »Meinem Herz möchte Gerechtigkeit, Fairness, Freundlichkeit. Liebe. Aber das Bedürfnis, mich lebendig zu fühlen, alles herauszufordern, Grenzen zu finden und zu verschieben, trieb mich an Orte, die mit dem Gegenteil von Freundlichkeit und Liebe gefüllt waren. Und mein Konfrontationsdrang führte dazu, dass ich an diesen Orten Chaos verursachte. Viele Male war ich nahe daran, Dinge und sogar Menschen zu zerstören. Das machte mich sehr unglücklich, aber ich wusste nicht, warum oder wie ich es in Ordnung bringen konnte. Die Therapie mit Joshua half mir zu verstehen, dass es zwei Seiten meiner Seele gibt, eine, die ständig wütend ist und eine, die ständig nach Freude sucht. Er half mir, Wege zu finden, mit der Wut umzugehen.«

»Es tut mir leid.«

Ich blinzelte überrascht. »Das ist ein Satz, das ich noch nie von dir gehört habe, selbst wenn es angebracht war. Warum tut es dir leid?«

Eine Dunkelheit erfüllte seine Augen und er starrte mich über das Lagerfeuer hinweg an. »Mir war nicht klar, dass dieser Mann dir so wichtig ist.«

Ich runzelte die Stirn. War er eifersüchtig? »Er ist mein einziger Freund.« Ich legte Wert auf das Wort Freund, obwohl ich mir nicht sicher war, warum. Ares und ich waren kein Paar. Spielte es eine Rolle, dass ich in meinen Psychiater verknallt war?

Ares hob seine Hand an sein Kinn und fuhr mit den Fingern nachdenklich über seine Stoppeln. Ein intensives Verlangen, seine Finger durch meine zu ersetzen, stieg in mir auf und ich hustete unbeholfen.

»Wir werden dieses Tribunal gewinnen und ihn zu dir zurückbringen. Mir ist nicht nach Schlafen zumute. Wir sollten weitergehen.« Er stand abrupt auf und hob seinen Helm auf. Ich schüttelte den Kopf. Wenn Ares entschied, dass ein Gespräch zu Ende war, war es das.

»Und wenn mir nach Schlaf zumute ist?« Er verengte seine Augen, dann setzte er seinen Helm auf. »Gut. Wie auch immer.« Ich stand auf und kickte genervt Staub über das Feuer. »Warum ist alles immer so, wie du es willst?«

»Weil du keine Ahnung von dieser Welt hast.« Er begann schwach zu glühen, als das Feuer erlosch, und ich stellte mir in Gedanken die schimmernden Segel vor und war zufrieden, als meine eigene Haut ebenfalls zu glühen begann.

»Dann erzähl mir mehr davon.«

»Später.«

»Weißt du, du bist vielleicht nur erschaffen worden, um mich dazu zu bringen, die Augen zu verdrehen«, sagte ich ihm, als er sich auf den Weg durch die Höhle machte.

~

Wir waren noch nicht lange unterwegs, als ich das krabbelnde Geräusch wahrnahm, das ich zum ersten Mal gehört hatte, als wir den Tunnel betraten.

»Was ist das für ein Geräusch?«, fragte ich in einem lauten Flüsterton.

»Es könnte vieles sein.«

»Das ist sehr hilfreich. Gut, dass ich nachgefragt habe.«

Ich umklammerte mein Schwert fester und spürte, wie es in meiner Handfläche heiß wurde. Es war schon zu lange her, dass etwas versucht hatte, uns zu töten. Wie aufs Stichwort, zischte ein plötzlicher Luftzug über uns hinweg durch den Tunnel und brachte einen üblen Geruch von verfaultem Fleisch mit sich. Ares blieb stehen und drehte sich zu mir um.

»Willst du deine Macht testen?«

»Ja«, nickte ich energisch.

»Das Kriegsgefühl, das du vorhin benutzt hast, um Hippolyta zu finden, kann im Kampf eingesetzt werden. Es wird das auslösen, was du mit dem Hunderthänder erlebt hast. Deine Bewegungen werden sich beschleunigen, und es wird sich anfühlen, als würde dein Gegner langsamer werden. Du wirst in der Lage sein, die Reaktionen und Entscheidungen deines Gegenübers mit Leichtigkeit zu antizipieren.«

»Okay.«

Ares nickte, dann drehte er sich um und nahm seinen Marsch wieder auf. Seine Schritte waren vorsichtiger als zuvor.

»Warum erzählst du mir das?«, fragte ich und folgte ihm ebenso vorsichtig.

»Du wirst das Wissen brauchen, um das zu töten, was uns bevorsteht.«

»Ich dachte, du hast vor, dich selbst um alles zu kümmern?«

»Meine Pläne haben sich geändert.«

»Warum?«

»Dies ist nicht der richtige Ort, um solche Dinge zu besprechen.«

Ich machte ein verärgertes Geräusch, sagte aber nichts weiter. Ich hatte schon früher vermutet, dass Ares Ausreden suchte, um mir beizubringen, wie ich meine Kraft nutzen konnte, und es hatte sich definitiv etwas geändert. Wenn er mir nicht in der Öffentlichkeit sagen wollte, was los war, dann würde ich warten müssen, bis wir mit diesem Drachen fertig waren und allein waren.

Oh, bei den Göttern, ich wollte mit ihm allein sein.

»Stopp«, zischte Ares plötzlich. Ich tat es und verdrängte meine Sinne, als ich stehen blieb. Der ranzige Geruch verstärkte sich, dann wurde das goldene Glühen, das von uns beiden ausging, heller, als meine Sehkraft sich verbesserte und Bereiche der Höhlenwände sichtbar wurden, die zuvor zu dunkel waren, um sie zu sehen. Ich stellte fest, dass sie von einem dünnen Film bedeckt waren. Er war blass und fein und erinnerte mich an...

»Ein Spinnennetz«, flüsterte ich und ein Rinnsal des Grauens breitete sich in meinem Bauch aus. »Ares, bitte sag mir, dass es in deinem Reich keine Riesenspinnen gibt.«

»Was ist eine Spinne?«, murmelte er, den Kopf nach hinten geneigt, während er die Decke abtastete.

»Runder Körper, zu viele verdammte Beine«, zischte ich und folgte ihm. Mein Blut gefror in meinen Adern, als etwas, das so groß wie ein Auto war, über die Felsdecke über unseren Köpfen und in den Schatten krabbelte, schneller als ich es erkennen konnte, selbst mit meinen übernatürlichen Sinnen.

»Es ist ein Spinnentier«, sagte Ares, und aus irgend-einem Grund klang er einen Hauch erleichtert. »Du kannst es besiegen.«

»Ich kann es besiegen? Du meinst wir? Wir können es besiegen?«

»Nein. Dieses Mal kämpfst du allein.«

»Warum?«

»*Um zu beweisen, dass du es kannst.*« Seine Stimme klang in meinem Kopf, nicht laut, und ich konnte nicht anders, als meinen Blick von dem Ort abzuwenden, an dem ich krampfhaft die Schatten nach einer Spinne von der Größe eines Autos absuchte, und meine Augen auf ihn zu richten. »*Zeig der Welt, was ich dir in Erimos vorenthalten habe.*«

Er sah mich nicht an, und niemand, der zusah, würde auf die Idee kommen, dass er überhaupt mit mir sprach. Er überließ mir diesen Kampf, damit ich mich vor dem Olymp behaupten konnte. Das war seine Version einer Entschuldigung, wurde mir klar.

Unter normalen Umständen wäre ich begeistert gewesen und sogar gerührt von seiner Rücksichtnahme.

Aber warum zum Teufel musste es dann sein, wenn wir gegen eine verdammte Riesenspinne kämpften?

Ich öffnete den Mund, um ihm das zu sagen, aber mein Stolz durchbrach meine Angst, bevor ich sprechen konnte. Wollte ich wirklich eine Gelegenheit vertun, der Welt zu zeigen, was in mir steckte? Ich habe nie vor einer Herausforderung zurückgeschreckt. Ich meine, ich war noch nie von einer Riesenspinne herausgefordert worden, aber trotzdem. Dies war eine Chance, Aphrodite zu zeigen, dass ich nicht so dämlich war, wie sie glaubte. Außerdem war es eine Chance, meine wachsende Kraft zu testen, zur Abwechslung Mal mit einem Ares, der mir den Rücken stärkt, anstatt mir die Gelegenheit zu nehmen.

Das konnte ich nicht ausschlagen.

»Komm her, du Abschaum mit zu vielen Beinen«, zischte ich und hob *Ischyros* in die Höhe.

VIERZEHN

BELLA

Was auch immer ein Spinnentier war, es war keine echte Spinne, sagte ich mir, als wir uns weiter in die Dunkelheit bewegten, wobei ich nun den Weg vorgab. Es war nur ein weiteres griechisches Ungeheuer. Wir hatten schon eine Menge Konfrontationen mit ihnen überstanden. Dies würde nicht anders sein.

»Beißt es?«

»Nein, sie stechen.«

»Alles hier sticht«, murmelte ich.

»Jetzt, wo du es erwähnst, ja.«

Mein übersinnliches Gehör nahm das krabbelnde Geräusch nicht mehr wahr, was mich extrem misstrauisch machte. Das Ding stand still. Ich ließ mein geschärftes Sehvermögen über die Höhlenwände und die Decke wandern und übersah deshalb die Kreatur, die direkt vor mir aus der Schwärze schoss, bis es fast zu spät war.

Gerade noch rechtzeitig schlug ich *Ischyros* in einem weiten Bogen vor mir nieder, woraufhin das riesige schwarze Ding nach hinten schnellte und ein furchtbares Kreischen von sich gab.

Es war wirklich so groß wie ein Auto, und es war im Grunde genommen einfach eine riesige Spinne. Es hatte Schuppen anstelle von Fell und einen riesigen Stachel am Hintern, aber es war definitiv eine Spinne. Acht enorme Beine hielten ihren ekelhaften Körper aufrecht und sie klickten, als sich das Geschöpf vor und zurück bewegte. Ihr Netz aus wabenförmigen Augen blitzte, wenn sie das Gold meines Glühlichts einfingen.

Ich holte tief Luft, als ich instinktiv in die Hocke ging. Ich mochte keine Spinnen. Tatsächlich gab es nicht viele Krabbeltiere, die ich mehr verabscheute.

Ich erinnerte mich daran, dass es keine echte Spinne war, sondern ein Monster. Spinnen waren eklig, weil sie überall herumkrabbelten, mit ihren schnellen, unheimlichen Bewegungen. Diese Kreatur gehörte in diese Welt und war völlig neu und anders. Und sie stank.

Ich erinnerte mich daran, was Ares mir zuvor gesagt hatte und versuchte, mich an das Gefühl auf dem Schlachtfeld zu erinnern, als wir uns gegenseitig umkreisten. Ich konnte Ares schwaches Glühen in meinem peripheren Blickfeld ausmachen, weit hinter mir, aber sich mit uns mitbewegend. Ohne Vorwarnung sprang der Hintern des Spinnentieres unter seinem Körper hervor und ein Strahl schoss daraus heraus. Ich sprang zur Seite und schlug mit meinem Schwert zu, was ich sofort bereute, weil, was immer es war, es am Ende meiner Klinge kleben blieb. Ich runzelte die Stirn, als ich erkannte, was es war. Spinnweben. Das Ding versuchte, mich mit klebrigen Spinnweben zu bedecken.

Das Klicken der Spinnenbeine verdreifachte seine Geschwindigkeit und das Monster kam wieder auf mich zu. An der heißen Quelle der Kraft in mir ziehend, hob ich mein Schwert hoch und warf mich nach vorne, um unter ihren Körper zu gelangen.

»*Nutze die Macht des Krieges.*« Ares Stimme erklang in meinem Kopf und während ich unter die Kreatur glitt, tastete ich wieder nach dem Gefühl vom Schlachtfeld.

Gerade als ich unter dem großen Körper der Spinne ankam, bewegte sich der Stachel erneut und zog sich nur wenige Meter von mir entfernt zusammen. Die Version von mir in dem lilafarbenen Kleid, auf dem weißen Ross und mit dem epischen Schild in der Hand, schoss mir durch den Kopf, und ich war mir vage bewusst, dass das Leuchten, das ich von mir gab, in helles Leben ausbrach. Die Weben, die der Stachel abfeuerte, prallten harmlos an meiner unsichtbaren Barriere ab, und mit einem scharfen Brüllen befahl ich *Ischyros* zu wachsen.

Das tat es, und zwar schnell. Als die Klinge den Unterleib des Monsters berührte, war es bereits doppelt so groß wie zuvor. Ich füllte die Muskeln meiner Arme mit Kraft, als die Klinge schwerer wurde, fühlte, wie mein ganzer Körper als Reaktion darauf anschwoll, und rollte mich dann ab, während ich die Klinge durch den Körper des Spinnentiers zog. Ihre Beine gaben sofort nach und ich sprang zu Füßen, während sein Körper auf den Höhlenboden fiel.

Ich hatte gewonnen.

»Bravo«, sagte Ares laut.

Ich blickte zwischen meiner Klinge und ihm hin und her. Das Schwert war massiv, fast so groß wie ich selbst. Ich konzentrierte mich einen Moment und konnte mir ein Lächeln nicht verkneifen, als *Ischyros* anfing zu schrumpfen.

»Das ist verdammt cool«, sagte ich.

Ares trat um die tote Spinne herum und ich konnte in

seine Augen spähen. Feuer tanzte in ihnen. Wirbelnde Energie aus dem viel zu kurzen Kampf lenkte sich augenblicklich auf die zunehmend verzweifelt pulsierende Stelle zwischen meinen Schenkeln.

»Ich will weiterkämpfen.« *Oder dich ficken, bis du mich zum Schreien bringst.* Die Alternative blitzte unerwartet in meinem Kopf auf, und ich spürte, wie meine Wangen heiß wurden. Kämpfen und ficken. Ich kannte viele Kämpfer aus den Ringverbänden im Untergrund, die beides miteinander verbanden, aber ich war nie einer von ihnen gewesen, bis jetzt, anscheinend.

«Wir sollten weitergehen«, sagte Ares.

Wir liefen eine gefühlte Ewigkeit durch den Tunnel. Mein Adrenalin und meine Vorfreude intensivieren mein goldenes Glühen. Wir kamen an den Körpern vieler toter Dinge vorbei, die vermutlich von den Spinnentieren getötet wurden, aber nichts Lebendigem oder Gefährlichem. Schließlich verengte sich der Tunnel und mit einiger Erleichterung sah ich in der Ferne schummrig flackerndes Tageslicht.

»Halte deinen Schild bereit, wenn wir rausgehen«, grunzte Ares.

»Ja, mein Herr«, sagte ich und gab seinem gepanzerten Rücken einen Salut. Ich sah, wie er den Kopf schüttelte.

Als wir aus dem stinkenden Höhlentunnel hervortraten, ging es nicht in den Wald, wie ich erwartet hatte, sondern in eine kolossale Steinruine. Die staubige Ebene aus zerbröseltem Gestein knackte, als unsere gestiefelten Füße darüber liefen, das Geräusch war laut in der Stille.

Langsam schritt ich im Kreis und begutachtete das zerstörte Bauwerk.

Es war einst eine Kampfgrube gewesen, da war ich mir sicher. Aber die gestuften Sitze, die eine Seite gesäumt haben mussten, waren zerbröckelt und enthüllten das Labyrinth der darunter liegenden Räume. Die Bänke waren auf der anderen Seite noch teilweise intakt, aber ich hätte es nicht riskiert, mit meinem ganzen Gewicht darauf zu treten. Gegenüber des Tunnels, aus dem wir gerade gekommen waren, hatten sich die kreisförmigen Wände der Grube komplett aufgelöst und der bedrückende Wald hatte begonnen, die Grube zu verschlucken. Baumwurzeln breiteten sich über den Boden der Grube aus, wie knorrige Finger, die nach uns griffen.

Ich schärfte meine Sinne, immer auf der Hut vor den Oxys, aber ich konnte kein Summen hören. Ich hörte jedoch etwas anderes. Etwas, das sich wie schweres Atmen anhörte. Die Haare stellten sich mir zu Berge, als ein Gefühl, das ich nicht kannte, über meinen Körper kroch. Es war, als hätte man mich mit kaltem Wasser übergossen, während sich in meinem Kopf die Gewissheit festsetzte, dass gleich etwas Schreckliches passieren würde.

»Ares? Spürst du das?«, flüsterte ich.

»Ich glaube, wir haben unseren Drachen gefunden.«

ARES

Mein Verlangen nach der Frau, die ihr Schwert neben mir hob, wurde so intensiv, dass ich nicht mehr sicher war, ob ich weiter dagegen ankämpfen könnte. Und jetzt war ich mir sicher, dass es nicht nur körperlich war. Der Gedanke daran, dass ihr etwas zustoßen könnte, ließ eine blinde Wut in mir aufsteigen und Angst durch meine Eingeweide kriechen. Ich war Ares, der Gott des Krieges. Ich sollte nichts fürchten.

Ich musste sie lehren, ihre Macht zu nutzen. Ich musste sie stärken. Zu sehen, wie sie kämpfte und die Macht des Krieges nutzte, machte süchtig. Ihr Glühen war wie eine Droge, von der ich nicht genug bekommen konnte. Ihr grimmiger Geist leuchtete wie keine Aura, die ich jemals zuvor bei einem Gott gesehen hatte.

Ich brauchte mehr.

Das Geräusch von knackendem Stein und knarrendem Holz lenkte meine Aufmerksamkeit auf die Stelle, an der sich der tödliche Wald in die verfallene Grube ergoss. Das Holz der Bäume bewegte sich, die knorrigen Wurzeln erhoben sich. Mit tödlicher Anmut verwandelte sich eine Kreatur vor uns in ein Wesen, das sich zuvor perfekt getarnt hatte.

Der Drache war aus Holz, und sein Körper lang und sehnig wie der einer Schlange. Er schlitterte über dem Boden der Grube in den Raum und sein reptilienartiger Kopf hatte eine Mähne aus scharfen Hörnern und seine riesigen Kiefer waren mit grimmigen Zähnen besetzt, die uns hell entgegenblitzten. Glühend grüne Augen leuchteten an den Seiten seines schwankenden Kopfes, und er breitete schnappartig seine Flügel aus, als er zum Stillstand kam. Auch sie waren aus dem Wald geboren, die Wölbung und die Knochen der Flügel waren aus dicken Ästen gemacht. Die Materie, die die Lücken füllte, sah aus als wäre sie mit Blättern gespickt.

Es war ein prächtig aussehendes Biest.

»Oh mein Gott, es ist umwerfend«, hörte ich Bella mit ehrfürchtiger Stimme murmeln.

»Zu freundlich«, sagte der Drache. Bella gab ein kleines Quietschen von sich. »Ihr seid hier, um mich aufzusuchen?«

»Dürfen wir deinen Namen erfahren?«, fragte ich das Tier laut.

»Natürlich, wenn ihr bereit seid, die eurigen zu verraten.«

Grimmige Intelligenz blitzte in den Augen des Drachens auf. Das würde nicht einfach werden. Alle Drachen waren alt und weise, und es war klar, dass dieser hier keine Ausnahme war.

»Ich bin Ares, Gott des Krieges, und das ist Enyo, Göttin des Krieges.« Die Nerven überschlugen sich, als ich Bellas richtigen Namen aussprach. Abhängig vom Alter dieses besonderen Biests, wusste er vielleicht mehr über Bella, als ich ihm zugestehen wollte. Aber wenn er der war, den ich vermutete, dann würde es nichts nützen, ihn anzulügen.

Der Drache wiegte seinen Kopf von einer Seite zur anderen, während er uns musterte. Er war riesig, sein zusammengerollter Körper füllte die halbe Ruinengrube aus. Seine baumrindenartigen Schuppen bildeten Ringe, die sich spiralförmig um seine gesamte Länge zogen, und jede einzelne Schuppe so groß wie meine Brust.

»Mein Name ist Dentro.«

Mein Magen krampfte sich bei seinen Worten zusammen, mein schlimmster Verdacht bestätigte sich.

»Ich habe von dir gehört«, sagte ich. »Du bist in der Tat uralt.«

»Weitaus urtümlicher als du, kleiner Olympier.«

Wut durchströmte mich, und ich griff automatisch nach Bellas Kraft. Ich spürte keinen Widerstand von ihr.

»Kleine Olympier regieren die Welt, Dentro«, sagte ich laut. Die Lippen der Kreatur kräuselten sich in einer Annäherung eines Lächelns und er gluckste.

»Dein Vater und seine beiden Brüder regieren die Welt. Du hast nicht einmal deine eigene Macht, wie es scheint, geschweige denn regieren.«

»Wenigstens verkrieche ich mich nicht im Wald«, knurrte ich. Es spielte keine Rolle, wie alt er war, ich würde nicht zulassen, dass dieses Tier mich verhöhnte.

»Du bist an deine Situation genauso gebunden wie ich, kleiner Gott.«

»Ich bin an nichts gebunden.«

»Oh, das bist du doch, Ares. Du bist an jeden gebunden, der stärker ist als du. Du bist durch deinen eigenen Stolz gebunden. Du bist gebunden durch deine eigene Angst.« Er zischte das letzte Wort und reißende Wut brach in mir aus.

»Ich fürchte nichts!«, brüllte ich. Bellas Kraft, -meine Kraft, rief nach mir, als die Wut überschwappte, und sie ließ mich sie nehmen. Ich wurde mit einem Schlag schneller und rannte auf Dentro zu.

Ich hörte ein Brüllen hinter mir und im Nu war Bella an meiner Seite, ihr Gesicht grimmig und ihre Haut glühend, golden wie meine Rüstung. Ihre Macht war blendend, alles verzehrend, und sie übertönte alles andere vollständig. So klang der Kriegsgeist und gemeinsam würden wir den Kampf gewinnen.

SECHZEHN

BELLA

Die Mischung aus Angst und Aufregung, die ich fühlte, als wir auf den Drachen zustürmten, war berauschend.

Dentro war das Unglaublichste, was ich je gesehen hatte, und kein noch so großer Teil meiner Vorstellungskraft hätte ihn heraufbeschwören können. Sein schlangenartiger Körper bestand aus einer langen Spirale aus sattbrauner Baumrinde, die sich nahtlos bewegte, als er sich zurückbäumte. Büschel von tiefgrünem Moos befanden sich zwischen den Schuppenreihen und ich wusste nicht, ob sie aus seinem Körper wuchsen oder einfach aufgesammelt worden waren, als er durch den Wald schlitterte. Seine Flügel breiteten sich weit hinter ihm aus und meine geschärften Sinne brachten die grüne Substanz zwischen den Rindenknochen zum Leben, geädert wie Blätter, lebendig und in grellen Farben. Die Hörner um seinen Kopf schienen zu wachsen, und große Stacheln, die wie mörderische Grashalme aussahen, breiteten sich zwischen ihnen aus.

Er war die personifizierte Natur, in ihrer tödlichsten Form.

»Was ist es, das ihr sucht?« Seine Stimme schallte durch die verlassene Grube, obwohl sich sein Mund bei den Worten nicht bewegte. Ares und ich trennten uns, er rannte nach links und ich nach rechts. Ich hatte einen Plan, und irgendwie wusste ich, dass Ares das Gleiche dachte. Die unsichtbare Schnur, die uns verband, vibrierte vor Leben, Kraft floss zwischen uns.

Als wir ihm nicht antworteten, sprach Dentro erneut.

»Ihr werdet mir antworten.«

Der Boden unter uns bebte so stark, dass ich stolperte. Auf mein Knie fallend, schaffte ich es gerade noch, mich an *Ischyros* festzuhalten und als ich mich wieder auf die Füße stemmen wollte, peitschte der riesige hölzerne Körper des Drachens auf mich zu. Ich versuchte mich zu bewegen, und meine Kriegssicht setzte instinktiv ein und die Welt verlangsamte sich um mich herum. Aber es war nicht langsam genug. Dentros riesiger Schwanz schlängelte sich um meine Mitte, bevor ich mich aufrichten konnte, und ich schlug wie wild mit meinem Schwert nach ihm. Ich versuchte, meinen Schild zu heben, um ihn von mir wegzudrängen, aber er drückte noch fester zu. Der Schild war nutzlos. Das grobe Holz seiner Schuppen kratzte schmerzhaft an meiner Haut, und plötzlich wurde ich von den Füßen gehoben. Ich wurde mit einem wilden Taumeln herumgeschleudert und wurde direkt zum klaffenden Schlund des Drachen gezogen.

»Nun, sag mir, Enyo. Was ist es, das du suchst?«

»Dentro!«

Ich konnte Ares irgendwo unter mir brüllen hören. Der Schwanz, der um mich gewickelt war, war zu groß, um hinuntersehen zu können, und ich hatte nur meinen

Schwertarm frei. Ich schlug meine Waffe wiederholt gegen die hölzernen Schuppen, aber ich wusste, dass es dem furchteinflößenden Biest keinen Schaden beibrachte.

»Da du neu in dieser Welt bist, werde ich dich in ein kleines Geheimnis einweihen.« Die Stimme des Drachen war tief und verführerisch, als er mich hochhob, um mich direkt in eines seiner hellgrünen Augen sehen zu lassen. »Ich bin sogar älter als einige der Titanen. Du kannst mit deiner kleinen Klinge keinen Schaden anrichten. Also, sag mir, was du suchst.«

»Schuppen«, bellte ich und weigerte mich, aufzuhören, meine Kraft in die Schläge zu stecken.

»Meine Schuppen?« Der Drache klang amüsiert.

»Ja.«

»Was zum Olymp willst du mit meinen Schuppen?«

»Wir wurden vom König dieses Reiches herausgefordert, sie zu beschaffen, von König Panik«

Etwas Dunkles blitzte in Dentros Augen auf, und ich hörte lange genug mit den Schwerthieben auf, um wieder zu Atem zu kommen.

»Dieser Schweinehund denkt, er kann mich als Puppe in seinen Spielen benutzen. Warum hast du seine Herausforderung angenommen?«

»Um einen entkommenen Höllendämon einzufangen und meinen Freund zu retten.«

»Interessant. Ist das wahr?«

Er schwang mich heftig zur Seite und bewegte seinen Kopf so schnell, dass er fast vor Ares zu Boden ging. Der Gott sah wütend aus.

»Ja! Lass sie frei!« Ares war locker drei Meter groß und sein Schwert war so groß wie er selbst.

»Nein. Aber da du aus einem wirklich edlen Grund

hier bist, werde ich dir einen Deal anbieten. Wie viele Schuppen von mir brauchst du?«

»Drei«, sagte ich und verkniff mir einen Fluch, als mein Strampeln mehr Haut an meinen Armen und Schultern aufkratzte.

»Ich werde dir die Schuppen geben, wenn du mir im Gegenzug etwas zurückgibst.«

»Wir sind nicht deine Marionetten!«, brüllte Ares.

Der Drache lachte, und der Boden bebte erneut, die Ruinen um uns herum knackten und bröckelten laut. »Dann werde ich euch beide töten.«

»Du kannst uns nicht töten, wir sind unsterblich«, sagte ich und nahm meine Schläge mit *Ischyros* mit neuer Kraft wieder auf, und ignorierte die Risswunden auf meiner Haut.

»Nein, seid ihr nicht. Nicht, solange du diese seltsame Macht mit mir teilst.«

Mein Herz setzte einen Schlag aus. »Was?«

»Ich bin uralt. Ich kann das Band zwischen euch sehen. Und nur einer von euch kann ein wahrer Gott sein - dann ist der andere so gut wie ein Mensch. Damit der eine unsterblich wird, muss der andere sterben.«

Ein grausiger Schauer lief mir über den Rücken. Ich wusste, dass er die Wahrheit sprach. Wir hatten seine Worte so gut wie bewiesen, als wir fast ertrunken waren. Ares musste die Kraft aufgeben, damit ich unter Wasser atmen konnte.

Aber ich hatte gehofft, dass ich, wenn ich stärker wurde, genug Kraft haben würde, damit wir beide stark sein konnten. Damit wir beide unsterblich sein konnten. Ich fand Ares Augen, und meine Angriffe mit *Ischyros* waren für einen Moment vergessen.

Auch Ares wusste, dass die Worte wahr waren. Ich

konnte es in seinen Augen sehen. Vielleicht hatte er es bereits gewusst.

»Was sollen wir tun?«, fragte Ares, seine Stimme stark und stolz, ohne einen Hauch des Aufruhrs, den mein Gehirn gerade durchlief. Wir waren wieder in dem Zustand, dass nur einer von uns stark sein konnte, genauso wie es gewesen war, als er mich zum ersten Mal gefunden hatte und mich für meine Kraft töten wollte. Aber jetzt war alles anders. Er war jetzt anders. Oder etwa nicht?

»Beobachtet uns Panik?«

»Die Welt beobachtet uns.«

Dentro richtete sich auf und hob mich mit sich hoch, dann beugte er seinen schlangenartigen Hals in einer Scheinverbeugung.

»Hallo, Olymp«, sagte er und fletschte seine furchterregenden Zähne. »Ich fürchte, dieses Gespräch muss privat bleiben.«

Das Geräusch von laut knackenden Ästen erfüllte plötzlich die Luft und mein Mund riss sich auf, als sich der Wald um uns herum fächerte und uns in eine riesige Sphäre aus Blättern einhüllte.

»Was ich dir jetzt sage, ist verbotenes Wissen. Aber zu lange habe ich mein Leben als Sklave eines anderen verbracht. Ich bin bereit, meinen Drachenschwur zu brechen, in der Hoffnung, dass ihr edel genug seid, mich nicht zu hintergehen.« Dentro ließ sich wieder auf den Boden sinken, nahm mich mit und setzte mich zu meiner Überraschung wieder auf dem Stein ab, von dem er mich gehoben hatte. Sein Schwanz rollte sich langsam ab und eine Welle der Erleichterung durchflutete mich. Ares trat näher und blieb dann stehen, fast so, als hätte er das nicht gewollt.

»Heile deine Wunden«, knurrte er. Ich blickte auf die Blutflecken hinunter, die von den vielen Schnitten stammten, konzentrierte mich aber stattdessen auf Dentro.

»Wem bist du ein Sklave? Panik?«, fragte ich den Drachen.

Seine riesigen grünen Augen füllten sich mit Zorn.

»Als die Titanen so mächtige Wesen wie Drachen erschufen, mussten sie sicherstellen, dass wir kontrolliert werden können. Panik hat etwas von mir, das ihm erlaubt, mich hier in seinem Wald zu halten, um die Menschen in Angst zu versetzen und sich selbst mächtiger erscheinen zu lassen. Sein tödliches Haustier. Ich kann hier nicht weg, solange er es hat. Ich bin gefangen. Ein Gefangener.«

»Was hat er?«

Dentro senkte seinen Kopf und ich hielt meine Waffe abwehrend vor mich, als sich sein massives Maul auf uns zubewegte. Doch als er seine Kiefer öffnete, sprach er. »Er hat meinen Zahn gestohlen.« Ich erkannte, dass er uns die Lücke in der Reihe der glänzenden, rasiermesserscharfen Zähne zeigte, und ich ließ meinen Schwertarm fallen.

»Drachen können von demjenigen kontrolliert werden, der ihre Zähne im Besitz hat?« Zum ersten Mal, seit ich ihn kennengelernt hatte, klang Ares überrascht.

»Ja. Die Zähne, und, was noch unangenehmer ist, die Augen. Wenn du die von einem Drachen stiehlst, kannst du ihm deinen Willen aufzwingen.«

»Kann er dich zwingen, Dinge zu tun, die du nicht tun willst?«

»Nicht, solange er nicht alle meine Zähne hat, nein. Ich bin zu stark. Du musst schwören, dieses Wissen niemals zu teilen. Die Zukunft der Verfolgung und Gefangenschaft meiner Art hängt davon ab.«

»Ich schwöre«, sagte ich, ohne zu zögern. Wir sahen beide Ares an, als er nichts sagte.

»Ich bin verpflichtet, dieses Wissen mit meinem Vater zu teilen«, sagte er langsam.

Dentro schnaubte. »Zeus ist sich dessen voll bewusst. Was glaubst du, wie er den mächtigsten Drachen der Welt, Ladon, so lange unter seiner Kontrolle gehalten hat?«

Ares schwieg einen Moment, dann nickte er. »Gut. Ich schwöre es.«

»Gut. Stiehl meinen Zahn von Panik und gib ihn mir zurück. Befreie mich von diesem toten Ort.«

Ich spürte, wie sich meine Augenbrauen hoben. »Ihn von Ihm stehlen? Wie?«

»Ich weiß es nicht. Aber da ihr zwei die mächtigsten Wesen seid, die mir seit Jahrhunderten begegnet sind, seid ihr meine beste und wahrscheinlich einzige Chance.«

Ich wusste nicht, ob es der tiefe, ernste Ton in der Stimme des Drachen war, oder die grimmige Intelligenz in seinen riesigen Augen, aber ich vertraute ihm. Ich wollte ihm helfen. Niemand sollte gegen seinen Willen gefangen gehalten werden. Die dunklen Tage, die ich im Gefängnis verbracht hatte, schossen mir durch den Kopf und ich schaute zu Ares auf. Die Stimme des Gottes erklang in meinem Kopf.

»*Er könnte versuchen, uns auszutricksen. Drachen sind bekannt dafür, Psychospielchen zu spielen.*«

»*Ich mag ihn*«, antwortete ich im Geiste. »*Ich denke, wir sollten es tun.*«

»*Ihn zu mögen hat nichts damit zu tun.*«

»*Doch, hat es.*«

Bevor Ares noch etwas sagen konnte, sprach ich laut.

»Wir werden es tun.«

Aufregung tanzte in Dentros Augen und sein Schwanz peitschte gegen die Blättersphäre.

«Ihr werdet euch meine ewige Dankbarkeit verdienen, wenn ihr es schafft.«

Ares knurrte neben mir. Ich hatte ihn definitiv verärgert, als ich für uns beide sprach. Aber das war mir egal. Es war das Richtige, das wusste ich.

»Wie sollen wir deinen Zahn von hier aus wiederbekommen?«, stieß er hervor. »Ich nehme an, wenn er im Wald versteckt wäre, hättest du ihn inzwischen selbst gefunden.«

»Ich glaube, Panik hat einen Trophäenraum in seinem Schloss. Ich vermute, dass mein Zahn dort sein wird.«

»Wir können den Wald nicht ohne deine Schuppen verlassen.«

Dentro hielt inne, dann richtete er seinen Blick auf mich.

»Ich werde dir erlauben, die Schuppen herauszuziehen. Aber ihr müsst versprechen, mit meinem Zahn zurückzukehren, sobald ihr könnt.«

»Warum solltest du uns vertrauen?«, fragte ich und legte den Kopf schief.

Dentro starrte mich an, und ich konnte seine Magie spüren. Nicht, in dem Sinne, dass sie gegen mich arbeitete, meinen Verstand durcheinanderbrachte oder mich zwang, etwas Bestimmtes zu fühlen, sondern eher wie eine Aura oder ein Blick in seine Seele. Er war die Verkörperung der Natur, wild und frei, heftig und hell und stark. Und er war gefangen in einem dunklen, leblosen Wald. Seine Essenz schwand mit seiner Hoffnung.

»Ich habe keine andere Wahl, als dir zu vertrauen«, sagte er leise.

Ich fühlte eine Verwandtschaft mit dieser unglaublichen, schönen Kreatur; ich verstand ihn, ich fühlte seinen Schmerz. Ich würde ihm helfen, ihn befreien, was auch immer es kostete. Ich musste es tun. Instinktiv streckte ich meine Hand nach oben, und sein massiver Schwanz zuckte herum und kam nur wenige Zentimeter von meinen Fingern entfernt zum Stehen.

»Wir werden deinen Zahn holen«, sagte ich.

»Ich danke euch.« Sein rauer Schwanz traf meine Hand und ich fühlte, wie sich ein Ausbruch heller Hoffnung in mir ausbreitete, dann ein warmes Kribbeln in meiner Haut, als die Schnitte, die mich bedeckten, sofort verheilten.

Irgendwie hatte ich mich gerade mit einem uralten, allmächtigen Drachen angefreundet.

Ich liebte den Olymp, verdammt noch mal.

SIEBZEHN

BELLA

Als Dentro die Blättersphäre auflöste, die uns vor dem Rest des Olymps verbarg, umklammerte ich die drei Schuppen, die der Drache mir erlaubt hatte, vorsichtig von seinem Schwanz abzuziehen. Mit einem letzten spitzen Blick verschmolz die prächtige Kreatur wieder mit dem Wald, der sich in die verlassene Kampfgrube ergoss, und ich spürte einen Stich, als ich ihn gehen sah. Aufregung, oder Vorfreude, oder vielleicht beides.

Ich konnte spüren, wie Ares Wut auf mich in Wellen von ihm abging, und ich hatte absolut keine Ahnung, wie wir Dentros gestohlenen Zahn finden und an uns bringen sollten, aber ich wusste, dass ich das Richtige getan hatte. Was auch immer ich für dem Drachen empfunden hatte, es war mehr als nur Ehrfurcht oder Respekt. Er verdiente es, frei zu sein.

Es würde allerdings nicht einfach werden. Der ganze Olymp würde sehen, wie wir in der magischen Blättersphäre des Drachen verschwanden, und es wäre offensichtlich, dass wir die Kreatur nicht bekämpft und besiegt hatten. Ich atmete tief durch und wünschte, ich könnte mit Ares unter vier Augen sprechen, bevor wir den Königen gegenübertreten mussten.

»Was sollen wir Panik sagen?«, fragte ich ihn in meinem Kopf und versuchte, mein Gesicht unbesorgt aussehen zu lassen.

»Das ist dein Schlamassel. Du klärst das«, knurrte er zurück. Ich schaute ihm in die Augen und mein Magen krampfte sich zusammen, als ich sah, wie dunkel seine waren.

»Gut«, sagte ich und schlang meine Arme um die Schuppen des Drachen, dann hob ich sie hoch. »Wir haben deine Schuppen, Panik!«, brüllte ich und hielt die massiven Teile der schweren Baumrinde hoch.

»Das sehe ich.« Die Stimme des Herrn hallte durch die bröckelnde Grube. »Glückwunsch! Ich werde dir die Gelegenheit geben, uns allen bei einem Ball zu deinen Ehren heute Abend zu erzählen, wie du es geschafft hast, sie der Bestie zu entlocken. Leg die Schuppen auf den Boden.«

Ich bückte mich und tat, was er verlangte. In dem Augenblick, in dem ich meinen Griff löste, blitzte alles weiß auf und wir waren nicht mehr in Skotadi.

Ich stieß einen langen Atemzug aus, als ich mich in der winzigen Holzhütte mit den hässlichen Sofas umsah.

»Wenn der Ball, den Panik gibt, in seinem Schloss ist, dann ist das die perfekte Gelegenheit, den Zahn zu finden!«, sagte ich aufgeregt und drehte mich zu Ares um. Ich wich fast einen Schritt zurück, als er seinen Helm abnahm, so grimmig war sein Ausdruck.

»Du bist leichtsinnig, töricht und egoistisch!«

»Was?«

»Wir sind nicht hier, um Drachen einen Gefallen zu tun, die dumm genug sind, sich in Fallen zu begeben! Wir sind hier, um meine Macht zurückzubekommen!«

Empörung durchströmte mich, als ich einen Schritt näher an den wütenden Gott herantrat. »Nein, wir sind hier um den Keres-Dämon aufzuhalten und die Wächter zu retten. Dein Dreizack der Macht war nur ein zusätzlicher Bonus, wenn ich mich richtig erinnere. Und außerdem tun wir das Richtige.«

»Was auch immer der Grund für unsere Suche ist, es hat nichts mit den verdammten Drachen zu tun.«

»Wie zur Hölle hätten wir sonst dieses Tribunal gewinnen sollen? Dentro hätte mich mit einem Schlag töten können! Er war zu stark für uns, und das weißt du. Genauso wie Panik. Deshalb hat er uns dorthin geschickt.«

Ares stampfte mit dem Fuß auf und Flammen loderten in seinen Augen auf, als ich ein Ziehen in meinem Bauch spürte. Ich trat näher an ihn heran, als wäre das Ziehen körperlich. »Wir hätten ihn besiegen können! Wir können jeden Feind besiegen!«

»Er hätte mich fast umgebracht. Ein kurzer Druck, und es wäre aus mit mir gewesen. Panik hat uns eine unmögliche Aufgabe gestellt, und wir haben sie gemeistert. Nimm den verdammten Sieg wie er ist.« Eine einsame Trommel schlug laut in der Ferne. Ares kam mir noch näher.

»Er hätte dich nicht getötet. Du bist unsterblich.« Seine Stimme war noch genauso wütend, aber nicht mehr laut. Feuer loderte in seinen Augen.

»Dann hätte er stattdessen dich getötet. Nur einer von uns kann unsterblich sein, schon vergessen?«, antwortete ich und meine Stimme klang atemlos. Mein Herz begann schmerzhaft in meiner Brust zu pochen. Er war wunderschön. So verdammt schön.

»Wir müssen das nächste Tribunal beenden und deinen Freund und meine Kraft zurückholen. Wir haben keine Zeit, um dem Drachen zu helfen.«

Seine Worte waren wie Eiswasser über der Hitze in meinem Inneren.

»Was? Nein, wir holen Dentros Zahn. Jetzt, heute Abend, auf diesem Ball.«

»Bella, wir werden nicht den Zorn der Könige riskieren, bevor diese Tribunale vorbei sind.« Wut durchfuhr mich wie ein Güterzug, und ich war drei Schritte von ihm zurückgewichen, bevor ich überhaupt bemerkte, dass ich mich bewegt hatte.

»Ich habe Dentro mein Wort gegeben, verdammt, und ich werde ihn nicht im Stich lassen. Du möchtest ihren Zorn nicht riskieren? Hast du Angst vor ihnen?«

Ich wusste, dass die Frage ihn wütend machen würde, und ich hatte recht. Sein ganzer Körper schwoll vor Wut an, doch als er an meiner Macht zerrte, schlug ich meine Schilde auf. Sein Glühen wurde schwächer und sein Gesicht verfinsterte sich weiter.

»Es sind nicht die Könige, die ich fürchte«, zischte er, und selbst ohne jegliche Macht war er höllisch bedrohlich.

»Warum feierst du diesen Sieg dann nicht? Wir haben das verdammte Tribunal gewonnen! Warum packst du Möglichkeit nicht mit beiden Händen, diesem Arschloch etwas zu nehmen, was ihm etwas wert ist, einer allmächtigen Kreatur wieder zu voller Macht zu verhelfen, und einmal etwas verdammt Gutes zu tun?«

»Weil wir den Preis nicht kennen!«, brüllte er zurück.

»Wen kümmert das? Du bist ein verdammter Gott, was können sie dir schon nehmen? Du hast bereits deine Macht verloren, und die Könige können dich nicht töten - die Olympier würden es nicht erlauben! Welcher Preis könnte zu hoch sein?«

»Du!«

Ich blinzelte bei seinem geschrienen Wort, das Feuer in seinen Iriden brannte heftig vor Emotion.

»Ich?«

»Du.« Seine Stimme war rau, als wäre das Wort gewaltsam aus seiner Kehle gerissen worden. Mein Puls raste jetzt, eine Hoffnung, die ich nie gekannt hatte, überflutete meine Brust und ließ meine Kehle enger werden.

»Ares... Was willst du?« Ich flüsterte die Frage halb, verzweifelt darauf hoffend, ein Wort als Antwort zu hören. Mehr als alles andere auf der Welt wollte ich, dass er *dich* sagte. Ich wollte, dass er sagte, dass er Angst hat, mich zu verlieren. Dass das, was auch immer zwischen uns war, mehr als nur körperlich war, dass es nicht nur meine Fantasie war, die sich austobte. Seine Lippen teilten sich und mein Atem stockte. *Sag, dass du mich genauso willst, wie ich dich will.*

»Klopf, klopf?« Ich fuhr fast aus der Haut, als Eris Stimme laut den Raum erfüllte. Im nächsten Moment erschien sie in einem übermäßig hellen Blitz. Enttäuschung durchfuhr mich und ich hörte, wie Ares ein Zischen der Wut ausstieß, als ich mich auf die Göttin des Chaos konzentrierte. Ihre Augen weiteten sich und sie schlug die Hände vor die Lippen in gespielter Verlegenheit.

»Oh je, oh je, ich habe etwas unterbrochen! Es tut mir so leid, meine Süßen.« Ihr Lächeln reichte bis zu ihren Augen, und ich holte hektisch Luft, während mein Puls weiter galoppierte. Eris lockiges Haar war noch höher auf ihrem Kopf aufgetürmt als sonst, und sie trug ein langes, enges Kleid, auf dem schwarze Pailletten glitzerten und, das kaum ihre Brustwarzen verbarg.

»Du bist hübsch angezogen«, sagte ich und kramte innerlich nach etwas Normalem und nicht Peinlichem, das ich sagen konnte.

»Danke, Süße. Ich bin hier, um dir zu helfen, das Gleiche zu tun. Alle Götter kommen zum Ball, und obwohl ich ein Fan dieses Looks bin, dachte ich, du könntest es diesmal etwas besser machen.«

»Äh, danke.«

»Ich dachte, du wärst untergetaucht«, knurrte Ares.

»War ich auch. Jetzt aber nicht mehr.«

Unfähig, still zu stehen, ging ich zum Bett, ließ mein Schwert auf die Bettdecke fallen und begann abwesend, Stücke des Waldes aus meinem Haar zu ziehen. Wellen von Emotionen rollten durch mich, Sehnsucht und Wut ballten sich zu etwas zusammen, das schwer zu bändigen war. Es machte mich wütend, dass Ares Dentro nicht helfen wollte, aber war der Grund wirklich, dass er sich um mich fürchtete? Niemand hatte sich in meinem ganzen Leben je um meine Sicherheit gefürchtet. Joshua hatte sich um mich gesorgt, doch dass sich tatsächlich jemand um mich fürchtete? Das konnte ich mir nicht vorstellen.

Mit meinen Gedanken ringend, versuchte ich herauszufinden, was ich als nächstes tun und sagen sollte.

Was auch immer Ares Beweggründe dafür waren, dass er dem Drachen nicht helfen wollte, ich würde diesen Zahn bekommen. So viel wusste ich mit Sicherheit. Und so lange Eris hier war, war ich mir ziemlich sicher, dass sie helfen mir konnte.

»Weißt du, wo der Ball stattfinden wird?«, fragte ich sie und hoffte, dass sie *Paniks Schloss* sagen würde.

»Hier in Dasos, glaube ich; das Reich von König Schrecken ist nicht für Bälle geeignet.«

Ich unterdrückte den Wunsch, mehr über das Königreich zu erfragen, und nickte.

»Gut. Ich hoffe, es ist nicht in diesem zugigen, bröckeligen Ort, in dem wir vorhin waren, als er das Tribunal angekündigt hat.«

»Das bezweifle ich, Panik wird sich vor den Göttern inszenieren wollen.«

Ausgezeichnet.

Ein blaugrüner Blitz erschien, und Zeeva erschien vor mir auf dem Bett. Mein Herz setzte vor Überraschung einen Schlag aus, und meine Hände spannten sich zu Fäusten an.

»Ich wünschte, du würdest damit aufhören«, knurrte ich.

Zeeva schnippte mit dem Schwanz, als sie Eris ansah, dann richteten sich ihre mandelförmigen Augen auf mich.

»*Welchen Deal hast du mit dem Drachen gemacht?*«, fragte sie unverblümt, ihre Stimme glasklar in meinem Kopf.

»Es ist auch schön, dich gesund und munter zu sehen«, sagte ich und verdrehte die Augen.

»*Du bist in den Blattschild der Kreatur gegangen, um ihn zu fangen, und bist als Sieger herausgekommen. Du hast ihm etwas als Gegenleistung für diese Schuppen angeboten. Was war es?*«

»Das will ich auch wissen«, lächelte Eris und setzte sich anmutig auf die pfirsichfarbene Couch.

»Hör auf zu lauschen!«

»Ich kann nicht anders.«

»Bella hat sich bereit erklärt, für den Drachen etwas Wertvolles aus Paniks Schloss zu stehlen.« Ich schaute Ares überrascht an, als er sprach. Er klang gar nicht mehr wütend. Im Gegenteil, er klang stolz. »Und wir werden es heute Abend, auf dem Ball, mit eurer beider Hilfe tun.«

Mein Mund fiel auf, als ich den Kriegergott anstarrte. Seine Augen flackerten zu den meinen, als Eris sprach.

»Ich liebe es Diebstahl zu begehen«, sagte sie.

»Ich weiß, Schwester. Deine Hilfe wird für uns von unschätzbarem Wert sein.«

»Und was bekomme ich im Gegenzug, kleiner Bruder?«

»Was willst du?«

»Lass mich darüber nachdenken«, schnurrte sie.

»Gut. Aber lass dir nicht zu viel Zeit.« Ares drehte sich zu Zeeva um. »Katze?«

»*Diebstahl fällt nicht in meinen Aufgabenbereich*«, sagte sie hochmütig.

»Aber Bella zu helfen schon. Und wir haben diese Verhandlung nur gewonnen, weil sie diesen Deal gemacht hat.« Seine Augen fixierten meine, als er die Worte sprach. War das wieder eine Entschuldigung im Ares-Stil? Er hatte gerade laut zugegeben, dass wir gegen Dentro verloren hätten.

»*Ich werde tun, was ich kann, um zu helfen, wenn es meine Moral nicht gefährdet*«, seufzte Zeeva.

»Danke«, sagte ich ihr. »Du hast deine Meinung geändert.« Ich projizierte die Worte schweigend zu Ares.

»*Mein Zorn war unangebracht. Ich mag es nicht,*

Wesen zu begegnen, die stärker sind als ich«, antwortete er
in meinem Kopf.

»*Ich auch nicht.*«

»*Ich werde mich bemühen, es zu genießen, Panik zu
verärgern, wenn ich ihn bestehle. Du hattest recht. Das
wird eine Art von Sieg sein.*«

»*Sag das noch mal.*«

»*Was sagen?*«

»*Den Teil, dass ich recht hatte.*«

ACHTZEHN

»OK. So muss es ablaufen.«

Wir saßen alle auf den viel zu weichen Sofas und hörten Eris zu.

»Zeeva. Wenn du nicht am eigentlichen Raub beteiligt sein willst, dann könnten wir dich jetzt anderweitig gebrauchen. Alle drei von uns würden von König Panik bemerkt werden, wenn wir sein Schloss betreten, da wir unsere Kräfte mit ihm teilen. Aber du solltest in der Lage sein, unbemerkt dort hineinzukommen. Geh hin und finde heraus, wo er seine Trophäen aufbewahrt.«

Nach einer kleinen Pause stand die Katze auf und streckte sich.

»*Das sollte machbar sein*«, sagte sie und verschwand in einer türkisen Rauchschwade.

»Ihr zwei«, sagte Eris, und ein Lächeln umspielte ihre Lippen, als sie zwischen Ares und mir hin und her sah. »Ihr zwei werdet einen sehr glaubhaften Grund brauchen, um von der Party zu verschwinden.« Ihre Augen leuchteten schelmisch. »Das heißt, ihr müsst so tun, als wolltet ihr ungestört sein. Da wohl ganz Olymp euren

Kuss gesehen hat, dürfte es ja nicht allzu schwierig sein das Ganze glaubhaft zu machen?«

Ich spürte, wie ich rot wurde, und vermied es, Ares anzusehen.

»Ich fasse das mal als eine Zustimmung auf«, lachte sie. »Ich werde mein Bestes tun, um Panik abzulenken, und glaubt mir, ich kann für einige Ablenkung sorgen, aber dann liegt es an dir, deine Trophäe zu stehlen. Ist es dir egal, ob du erwischt wirst?«

Ares Schultern strafften sich.

»Panik wird nichts dagegen ausrichten können; ich bin sein Gebieter.«

»Uns geht es darum, die Beute sicher aus dem Schloss zu bringen«, unterbrach ich ihn. »Das wollen wir tun, ohne Aufmerksamkeit auf uns zu ziehen.« Ich sah Ares eindringlich an. Wir hatten geschworen, das, was wir erfahren hatten, geheim zu halten, und das bedeutete, dass wir vermeiden mussten, dass irgendwer Fragen stellte.

»OK. Es ist wahrscheinlich, dass ihr euch nicht in einem weißem Blitz herauszaubern könnt, wenn ihr euch in einem Tresorraum oder an einem abgesicherten Ort befindet. Also müsst ihr euch vielleicht rausschleichen.« Eris schaute mich an.

Ich nickte.

»Verstanden.«

»Wir sollten anfangen, dich zurecht zu machen und dir ein Kleid beschaffen.« Eris stand abrupt auf und wirbelte ihre Hand herum, bis ein Stoffknäuel darin erschien, das immer größer wurde, je mehr sie wirbelte. Er war genauso lila wie die das Kleid, das ich in meiner Kriegsvision getragen hatte.

»Was muss ich tun?«, fragte ich sie.

Ihre Lippen verzogen sich und sie musterte mich streng.

»Versuch den ganzen Dreck und Stückchen Wald aus deinen Haaren zu bekommen und geh dann duschen.«

Als ich nach dem Duschen nur in ein Handtuch gewickelt den Hauptraum der Hütte betrat, lag Zeeva zusammengerollt auf dem Bett. Anscheinend hatte sie ihren Spionageauftrag bereits erledigt.

»Wie ist es gelaufen?«, fragte ich sie, gespannt darauf, was sie herausfinden konnte.

»*Der Trophäenraum von König Panik ist oben im drittkleinsten Turm des Schlosses, auf der Nordostseite. Ihr müsst extrem vorsichtig sein. Die Treppe ist so konstruiert, dass man bei einem falschen Schritt in eine Grube voller Oxys stürzt. Die Tür ganz oben kann nur von jemandem betreten werden, der die Kraft von Panik besitzt. Die Trophäen darin sind zudem in unzerstörbarem Glas eingeschlossen.*«

Ich spürte, wie mir mein Gesicht entglitt. Mit jedes Detail klang unser Plan mehr zum Scheitern verurteilt.

»Es ist nichts, womit wir nicht fertig werden können«, sagte Ares, seine Stimme strotzte vor Zuversicht. Ich schaute ihn überrascht an. Ich hatte erwartet, dass er mir den Arsch aufreißen würde und hätte nie gedacht, dass er so begeistert war von all diesen Herausforderungen zu hören. Er trug seine Rüstung nicht, und mein Blick blieb an dem offenen Kragen seines Hemdes hängen.

»Wir besitzen die Kraft von Panik; sie zehrt von der Kraft des Krieges.«

»Was ist mit der Treppe?«

»Es wird einen Weg geben. Wir werden die Falle einfach überlisten müssen.« Seine Augen funkelten vor Aufregung, und als ich in sie blickte, spürte ich, ein Flattern im Magen.

»Und das unzerstörbare Glas?«

»Es gibt nichts, was der Gott des Krieges nicht zerstören kann. Vertraue mir einfach.« Der Ausdruck in seinem Gesicht ließ mich erschauern. Ich wusste, dass ein Mann, der mir sagt, dass es nichts gibt das er nicht zerstören kann, mich nicht anmachen sollte. Aber was konnte ich tun? Mein Körper reagierte so heftig auf seine Worte und mir wurde heiß und hätte ich ein Höschen getragen, wäre es ganz und gar durchnässt. Seine Augen huschten über meine nackten Schultern, bevor sie zu meinem Gesicht zurückkehrten. Dabei spürte ich, wie meine Zunge versuchte meine Lippen zu befeuchten. Ich hatte ihn noch nie so gesehen, außer nach dem Hydra-Kampf, und seine Energie war ansteckend. Er strahlte eine unerschütterliche Zuversicht aus, und ich sog sie gierig auf.

»Ares, du musst gehen. Ich muss Bella beim Anziehen helfen. Und so wie ihr beide euch anseht, will ich nicht hier sein, wenn sie das Handtuch fallen lässt. Du bist mein Bruder. Das wäre widerlich.«

Ich spürte, wie meine Wangen rot wurden, als Ares zur Tür ging.

»Gut. Ich werde nicht länger als dreißig Minuten brauchen.«

Ich hörte, wie die Tür hinter ihm zu fiel, als er ging. Ich richtete meine Gedanken auf ihn, erwartete aber keine Antwort.

»Ich hätte das Handtuch vor dir fallen lassen, wenn wir allein gewesen wären.«

Unerwartet erklang seine heisere Stimme eine Sekunde später in meinen Kopf und nur mit Mühe verwandelte ich das Stöhnen, das mir entglitt in ein Husten.

»Ich hätte es dir mit den Zähnen vom Leib gerissen.«

Die ganze Zeit, in der Eris Stoffstücke um meinen Körper wickelte, Röcke aufplusterte und irgendetwas fast-aber-nicht-ganz schmerzhaftes mit meinem Haar machte, konnte ich nur an Ares denken. Nackt. Das Verlangen verdrängte jeden rationalen Gedanken an den Raub, den wir gleich begehen würden. Ich konnte mich auf nichts anderes konzentrieren als auf die Erinnerung an unsere beiden Küsse.

Ich wollte in meinem Kopf weiter mit ihm reden, aber seine Antwort war so voller Begierde, so unerwartet und so sexy gewesen, dass ich mich stattdessen einfach daran klammerte. Das Verlangen, das ich in seinem Tonfall gehört hatte, spiegelte mein eigenes wider.

»Ich weiß nicht, warum Ares nicht einfach sagt, dass Panik ihm geben soll, was immer es ist. Immerhin ist er sein Gebieter.« Zeeva klang gelangweilt, aber ich war mir sicher, dass ich einen Unterton aus ihrer Stimme heraushören konnte.

»Niemand in diesen Gefilden ist ehrlich, am allerwenigsten die, die das Sagen haben«, sagte Eris. »Er würde einfach lügen und sagen, dass er es nicht hat, und Ares ist derzeit nicht stark genug, um ihn herauszufordern.«

»Und wenn ich ihm meine Kraft gebe?«, fragte ich.

»Nein. Du bist wahrscheinlich im Moment gleich

stark wie die Könige des Krieges. Bei seiner vollen Kraft wäre Ares um ein Vielfaches stärker.«

»Oh. Sind die Könige unsterblich?«

»Nein. Nicht richtig jedenfalls. Ihre Körper können getötet werden, aber die Kraft und Macht, die sie verkörpern, kehrt zu Ares zurück, bis er sie jemand anderem gibt.«

Mein Magen kribbelte unruhig.

»Ist es das, was mit meiner Kraft passiert, wenn ich sterbe?«

»Ja.«

Deshalb hatte Ares ursprünglich geplant, mich zu töten, dachte ich mit einem unangenehmen Gefühl in der Magengegend.

»Warum hat Ares nicht versucht, sie zu töten und ihre Kraft zu bekommen, als seine gestohlen wurde?«

»Das musst du ihn fragen. Aber er war derjenige, der sich dafür entschieden hat, anderen Seelen überhaupt die Kraft von Schmerz, Panik und Schrecken zu verleihen. Das sind keine Kräfte, an deren Besitz er interessiert ist. Außerdem war er, bis du aufgetaucht bist, sowieso zu schwach, um gegen sie zu kämpfen und eine Chance zu haben zu gewinnen.«

Ich schaute Eris über die Schulter an, als sie gerade eine Halskette um meinen Hals legte.

»Hat Ares mir meine Kraft verliehen, wie die den Königen?«

»Bella, ich habe ehrlich gesagt keine Ahnung, woher du kommst. Ich dachte eine Zeit lang, ich wüsste etwas über deine Herkunft, aber ich habe mich geirrt.«

Zeeva gab ein lautes Gähnen von sich, und wir sahen sie beide an.

»*Meine Herrin weiß es.*«

Aufregung durchzuckte mich, und mir lief ein kalter Schauer über den Rücken.

»Sag es mir!«

»*Das kann ich nicht. Sie sagt, du musst es selbst herausfinden.*« Frustration ließ mich meine Hände zu Fäusten ballen, und ich knirschte mit den Zähnen.

»Warum erwähnst du es dann überhaupt?« Ich wischte mir übers Gesicht. »Nur um mich wütend zu machen?«

»Oh, aus dem, was deine Katze gerade gesagt hat, lässt sich viel herauslesen«, grinste Eris. »Wenn Hera weiß, wo du herkommst, dann können wir sicher davon ausgehen, dass sie weiß, wo du enden wirst. Oder zumindest, mit wem.«

»Was?«

»Hera ist die Göttin der Ehe. Und wenn Götter heiraten, werden sie aneinander für immer gebunden. Körperlich und geistig.«

Ich spürte, wie sich meine Brust bei Eris Worten zusammenzog, und war mir plötzlich dem unsichtbaren Band bewusst, das mich immer mit Ares verband. Aber das war unsere gemeinsame Kraft, nichts weiter. Oder etwa nicht?

»Was willst du damit sagen?«

»Nur, dass Hera weiß, wenn zwei Götter füreinander bestimmt sind.« Eris zuckte mit den Schultern. Ihre Augen funkelten belustigt.

»Götter können nicht einfach herumlaufen und Menschen ohne deren Erlaubnis zusammenbringen!«, stotterte ich.

»*Nein, natürlich können sie das nicht*«, sagte Zeeva ruhig. »*Meine Herrin bringt nur Götter zusammen, die einander auch wirklich sehr lieben.*«

Erleichterung machte sich in mir breit. Es war eine Sache, meinen Kopf dazu zu bringen, mein Verlangen nach dem viel zu gutaussehenden Kriegergott zu verstehen. Das machte ja auch irgendwie Sinn. Er war verdammt heiß, stark, wild und stolz.

Es war aber eine ganz andere Sache, sich mit dem Gedanken anzufreunden, in ihn verliebt zu sein. Er hatte die emotionale Kapazität eines Teenagers und schien zudem nur wenig Verständnis für grundlegende Menschenrechte zu haben. Nicht gerade das Ehemann-Material, von dem eine moderne Frau träumte.

»Wird Hera heute Abend auf dem Ball sein?«, fragte ich Zeeva hoffnungsvoll.

»*Nein.*«

»Was ist los mit ihr? Man hat sie nicht mehr in der Öffentlichkeit gesehen, seit Zeus geflohen ist«, sagte Eris. Ihr Ton war lässig, aber ich konnte sehen, dass sie vor Neugierde fast platzte. Ich musste zugeben, dass ich selbst auch ziemlich neugierig war.

»*Es geht ihr nicht gut.*«

»Olympische Götter werden doch nicht krank«, sagte Eris mit hochgezogenen Augenbrauen und den Händen in ihrer Hüfte.

Zeeva sagte nichts, sondern stützte nur ihren Kopf auf ihre hübschen kleinen Pfoten. Es war genau die Art von Position, die eine normale Hauskatze einnahm.

»Ähm, Zeeva, als du in meiner Wohnung gewohnt hast, hast du es da gemocht, gestreichelt zu werden?«, fragte ich zögernd.

Nach einer langen Pause antwortete die Katze: »*Es war nicht unangenehm.*«

NEUNZEHN

ARES

Bella sah umwerfend aus. So umwerfend, dass ich mich in meiner Rüstung neben ihr beinahe wertlos fühlte. Eris hatte Bellas Haar mit einer Art filigranem goldenem Kopfschmuck versehen, der ihre hellen Locken einfasste. Winzige glitzernde Schwerter hingen von den geschwungenen Metallbögen und fingen das Licht ein, das von ihrer strahlenden Haut ausging. Auch ihr Kleid war wie für eine Göttin gemacht. Es war violett, und wie das letzte Kleid, lag es eng an ihrer kurvenreichen Brust, und ging dann in einen wallenden goldenen und violetten Rock über. Das Oberteil des Kleides war verführerisch tief geschnitten. Um ihren schlanken Hals trug sie eine enge goldene Halskette, an der ebenfalls kleine glitzernde Schwerter hingen. Nur mit Mühe konnte ich meine Hände kontrollieren und sie nicht anfassen. Stattdessen ballte ich sie fest zu Fäusten und presste sie an meinen Körper.

Ich hatte noch nie in meinem Leben jemanden so sehr begehrt. Tatsächlich fragte ich mich jedes Mal, wenn mein Blick auf ihr unfassbar schönes Gesicht fiel, ob ich überhaupt jemals irgendetwas so sehr gewollt hatte wie Bella. Der Gedanke, dass sie mit einem anderen zusammenkommen konnte, ließ Wut durch meine Adern fließen. Sie gehörte zu mir.

Doch sie war nicht mein. Und wenn sie herausfand, dass ich die Wahrheit über ihre Herkunft wusste, würde sie niemals mit mir zusammen sein wollen.

Ich musste verhindern, dass sie es herausfand, was ich wusste. Eris, dagegen, war der Wahrheit bereits auf der Schliche. Ich konnte es in ihren Augen sehen und hörte es in ihrer neckischen Stimme. Würde sie es Bella erzählen? War ihre Zuneigung zu mir stärker als ihr Bedürfnis, Chaos zu stiften?

Ich kannte die Antwort darauf bereits. Nichts war größer als Eris Bedürfnis, Chaos zu stiften.

Zeeva würde es auch bald von ihrer Gebieterin, meiner Mutter, erfahren. Hera wusste genau, woher Bella gekommen war. Aber aus irgendeinem Grund hatte meine Mutter das, was sie wusste, noch nicht mit der Katze geteilt. Warum eigentlich nicht? Und warum hatte sie nicht mit mir gesprochen? Ich hatte große Sorge, dass meine Mutter das Geheimnis verraten würde.

Ich hatte längst gelernt, dass meine Mutter mich nur so sehr liebte, wie sie alle ihre Untertanen liebte, über die sie herrschte und mich deutlich weniger als meinen Vater Zeus. Meine Eltern waren stärker als ich und Zuneigung innerhalb der Familie funktionierte im Olymp nicht so wie in Bellas Welt. Sie waren meine Vorgesetzten und Autoritäten, vor denen ich mich zu verneigen hatte, und nicht mehr. Ich respektierte das und habe es auch immer schon getan. Krieg und Chaos wurden aus der gleichen Kraft geboren, aber im Gegensatz zu meiner Schwester kannte ich die Bedeutung von

Ordnung und Respekt. Das war eines der Dinge, die mich so stark machten.

Du bist nicht mehr stark. Du bist schwach ohne deine Kraft. Die Stimme in mir kratzte an meinem Verstand, so wie sie es seit dem Kampf mit meinem Vater getan hatte. Aber etwas war jetzt anders.

Es war wahr, dass ich kraft- und machtlos war. Abhängig von einer Frau, die mich hassen wird, weil ich die Wahrheit über Herkunft kannte. Abhängig von einer Frau, von der ich besessen war.

Doch ein langsames Beben durchfuhr mich, welches in meinem Bauch begann und sich über meine Brust bis in meine Kehle ausbreitete. Eine Ansammlung dieser eindringlichen neuen Gefühle.

Aufregung. Zuversicht. Nervosität.

Wie konnte ich diese Empfindungen nie zuvor erlebt haben? Wir könnten in unserer Mission versagen, den Zahn zu stehlen. Ich könnte in eine Grube mit Kreaturen fallen, die mich für immer in den Wahnsinn treiben würden. Ich könnte in eine so starke Panik geraten, dass ich letztlich als Trophäe in König Paniks Sammlung landen würde. Der König, den wir bezwingen wollten, war so stark wie Bella und ich, obwohl er dies noch nie ausgetestet hat und sich somit dessen nicht bewusst war.

Der Nervenkitzel dieses Wissens war berauschend. Ich hatte Hunderte von Jahren damit verbracht, Strafen zu verteilen, meinen Bürgern das Bedürfnis nach Konfrontation einzuflößen, Schlachten und Kämpfe zu beobachten, die manchmal atemberaubend in ihrer Schönheit waren. Aber trotz der stärkenden Kraft, die mir diese Ereignisse verliehen, war ich vollkommen unbefriedigt geblieben. Nichts hatte mich so dermaßen umgetrieben, das Licht eines jeden Augenblicks zum Leben erweckt, noch mich von meinen geistigen Hemmungen befreit wie die Sterblichkeit.

Mein Verstand überschlug sich mit Gedanken, die ich früher nie zugelassen hätte und fast alle endeten mit einer Vision von Bella, die sich eng an mich schmiegte. Ihr Herz schlug im Takt mit dem meinen, und wir waren verloren im Feuer, in den Trommeln und in der Lust. Früher hätte ich solche Gedanken nie zugelassen und sie als nutzlose Fantasien abgetan, die mich weder meinen Zielen näher brachten, noch mich stärker machten oder mir Kraft verliehen. Aber jetzt erfreute ich mich an ihnen. Denn zum ersten Mal in meinem langen Leben bestand die Möglichkeit, dass ich sie nur in meiner eigenen Vorstellung erleben würde und sie niemals real würden. Mir wurde klar: Ich könnte sterben, bevor ich tatsächlich bekam, was ich wollte.

Ich verwechselte das intensive Gefühl, am Leben zu sein, nicht mit einem Verlangen nach dem Tod. Ich würde alles tun, was nötig war, um am Leben zu bleiben, und ich wusste, dass etwas wirklich Mächtiges auf mich einwirken musste, um mein Leben zu beenden.

Macht und Kraft hin oder her, ich war immer noch der uralte und unermesslich erfahrene Gott des Krieges. Aber selbst dieses Selbstvertrauen ging mir verloren als mir meine Kraft gestohlen wurde. Aphrodite hatte gesagt, ich sei ein Wolf ohne Reißzähne und Klauen, und ich hatte ihr geglaubt. Aber jetzt machte mich Bella stutzig. Sie hatte überlebt und sich durch so viel gekämpft, mehr als sie überhaupt wusste, und das mit nur einem kleinen Hauch von Kraft. Sie war eine unglaubliche Kämpferin geworden, mit einem unzerbrechlichen Geist, ohne eine Göttin zu sein. Gab es eine Chance, dass ich dasselbe tun konnte?

Mit etwas Glück würde ich das nicht herausfinden müssen. Wir würden die Ares-Tribunale gewinnen, und ich würde den Dreizack der Macht erhalten. Besser noch, mein Vater würde zur Vernunft kommen und mir meine eigene Kraft zurückgeben.

Der Gedanke an die Zukunft ließ meinen Blick automatisch zu Bella schweifen. Wenn sie herausfand, was ich getan hatte, würden wir keine gemeinsame Zukunft haben. Sie konnte sogar dafür sorgen, dass es überhaupt keine Zukunft für mich gab.

Sie merkte, dass ich sie anschaute, und ihr Blick blieb an meinem hängen. All meine Gedanken wurden durch ein einziges, brennendes Verlangen ersetzt. *Sie gehörte zu mir.*

Ich musste sie dazu bringen, es zu verstehen, und sie dazu bringen, mir zu verzeihen. Denn sie gehörte zu mir.

»Gut, ich bin jetzt bereit. Lass uns gehen.« Eris trat aus dem Bad, und ich atmete so tief ein, wie es mir möglich war, schob meine aufgewühlten Gedanken beiseite und konzentrierte mich auf die bevorstehende Aufgabe.

Es war an der Zeit, eine Show zu liefern.

ZWANZIG

BELLA

Ich dachte, ich wüsste, was mich erwartete, als Eris uns zum Ball einlud. Ich war jetzt schon auf zu vielen dieser Soireen gewesen, aber was ich sah, als wir ankamen, raubte mir den Atem.

Der gewölbte Ballsaal befand sich in einem Schloss und es sah aus wie eine Kirche, mit hohen Gewölbedecken und einem Zwischengeschoss, das um vier Meter über dem Boden um den Saal verlief. Der Wald pulsierte förmlich durch das Schlosses, und jede Steinoberfläche war mit Ranken geschmückt, die mit Knospen und Blütenblättern in der Farbe von Blut blühten. Reben wickelten sich um die Balustraden, die die große zentrale Treppe säumten, die zum Zwischengeschoss hinaufführte, dann schlängelten sie sich über Teile des mit Steinplatten bedeckten Bodens und die gewölbten Decken hinauf.

Der Raum war gefüllt mit Menschen und Kreaturen in allen Farben, Formen und Größen, die ich mir vorstellen konnte und sie alle waren prächtig gekleidet. Die diensthabenden Satyrn und Baumdryaden bewegten sich zwischen den Leuten hin und her und trugen Tabletts mit Getränken und exotisch aussehenden Leckerbissen, die sie den Gästen darboten.

Ich runzelte die Stirn, als ich an die Decke starrte. Die Ranken bewegten sich. Eine Art Saiteninstrument erklang, während ich ihnen zusah. Dann kamen viele weitere hinzu und ich keuchte, als eine Frau aus dem Laub hoch über erschien. Leiser Applaus ertönte, dann wurde er von der Musik übertönt, und eine Opernstimme gesellte sich zu den Streichinstrumenten, als die Frau anfing, sich mit Hilfe einer Ranke, die ihr zu gehorchen schien, auf den Boden zu senken. Als sie halb unten war, hielt sie an und streckte die andere Hand aus. Eine Ranke, die sich um das Zwischengeschoss-Geländer gewickelt hatte, rollte sich ab und peitschte ihr entgegen.

Sie hatte dunkle Haut und trug ein glitzerndes grünes Etuikleid, das irrsinnig schöne Beine zur Schau stellte. Sie schaukelte langsam zwischen den beiden Lianen hin und her. Als die Musik einen hohen Ton anschlug, ließ sie los, drehte sich hoch in die Luft und machte eine Pirouette mitten im Flug, wobei sich ihr Rock bäumte, und im Licht funkelte, als sie sich drehte. Schockiert schlug ich meine Hand vor den Mund, um einen Schrei zu ersticken als ihren Fall beobachtete. Doch bevor sie auch nur in die Nähe des Bodens kam, flogen weitere Ranken zu ihr herauf, die sie dann auffingen und sie weiter durch die Luft drehten und wirbelten.

Es war wie der magischste Cirque du Soleil aller Zeiten und ich hätte ihrer akrobatischen Darbietung stundenlang zusehen können, jedoch spürte ich ein Ziehen an meinem Ellbogen.

Als ich nach wieder nach unten blickte, standen Poseidon, Hades und Persephone vor mir. Eine Welle der

Ehrfurcht schwappte über mich. Das Bedürfnis, diese allmächtigen Wesen anzubeten, lag in ihrer bloßen Anwesenheit begründet. Ich verbeugte mich.

»Es geht euch beiden gut«, sagte Poseidon. Sein weißes Haar war zu einem Pferdeschwanz zurückgezogen und er hielt einen schimmernden Dreizack in der Hand. Er trug eine Toga, doch ich konnte Leder- und Metallriemen sehen, wo der Stoff sich über seinem Oberkörper teilte.

»Was ist mit dem Drachen passiert?«, fragte Hades Stimme aus seiner rauchigen Gestalt heraus.

»Das ist privat«, sagte Ares. Poseidons Gesichtsausdruck verkrampfte sich für einen Moment, entspannte sich dann aber wieder.

»Wie du willst. Wir haben nach Zeus Schiff gesucht. Wir glauben, dass du recht hast. Er nutzt die Magie der Wächter, um sich zu tarnen, so wie die Wächter die Magie in der Welt der Sterblichen maskieren.«

»Wird das den Wächtern schaden?«, fragte ich rasch.

Poseidon sah mich an.

»Ich weiß es nicht.«

»Ich glaube nicht. Nur lebendig und gesund sind sie ihm von nutzen, damit er ihre Magie einsetzen kann.« Hades sprach mit einer Sanftheit, die ich von ihm nicht erwartet hatte und ich nickte ihm dankbar zu.

»Wie kommt es, dass ich Joshuas Körper tot in meiner Welt sah und lebendig auf diesen Steinbetten?«, fragte ich. Seit Tagen hatte die Frage in meinem Hinterkopf geschlummert.

»Wächter, sowie einige andere Wesen, können ihre Seele zwischen mehreren Körpern hin und her bewegen. Sie können sich nicht mit Magie von Ort zu Ort zaubern, also haben sie Körper im Olymp und in der Welt der

Sterblichen, damit sie sich zwischen diesen beiden hin und her bewegen können.«

»Wie Klone?« Die Idee klang irre.

»Unheimlich, nicht wahr?«, sagte Persephone.

Bevor ich zustimmen konnte, ergriff Poseidon das Wort: »Mein General ist dem Dämon begegnet, aber von Zeus gibt es keine Spur.«

»Ich nehme an, sie konnten es nicht gefangen nehmen, sonst wäre das hier vorbei.«

Ares Stimme klang nüchtern.

Poseidon schüttelte energisch den Kopf.

»Nein. Sie ist zu stark.«

Als ich an den Dämon dachte, fühlte sich meine Haut an, als ob sie brennen würde. Wenn Poseidons General sie nicht fangen konnte, was für eine Hoffnung hatten wir dann?

»Ares, es gibt da etwas, das du wissen solltest.« Poseidons Tonfall war unbeholfen und ich hatte auf einmal das Gefühl, dass ich bei diesem Gespräch nicht dabei sein sollte.

»Was?«, fragte er und stellte sich breiter hin. Sein Auftreten war voller Arroganz, sodass ich mir nicht sicher war, ob ich ihm glauben sollte.

»Wir könnten uns täuschen, aber... mein General berichtete, dass die Dämonin Kräfte einsetzte, die sie nicht haben sollte. Kräfte, die sie erkannt hat.«

Jeder Muskel in Ares Körper versteifte sich.

»Das ist... das ist unwahrscheinlich.«

Poseidons Augen wurden sanfter. »Ares, es tut mir leid. Du hast meinen General selbst unterrichtet und seitdem viele Male mit ihr gekämpft. Sie war sich sicher, dass es deine Kraftsignatur war.«

Ein unbehagliches, mulmiges Gefühl durchzog mein

Inneres und irgendwie war ich mir sicher, dass es von Ares kam, aber ich verstand nicht völlig, was die Götter damit meinten. Ares schaute mich an.

»Es scheint, als hätte mein Vater meine Kraft an den Dämon weitergegeben.«

~

Ich wünschte, ich hätte Ares Gesicht hinter seinem Helm sehen können. Alles, was ich jedoch sehen konnte, waren seine Augen und die waren so kalt und hart, wie ich sie noch nie gesehen hatte.

»Ich muss mit Eris sprechen. Danke, dass du mir das mitgeteilt hast«, sagte Ares stur. Die beiden anderen Götter nickten und wandten sich ab. Persephone begegnete meinem Blick.

»Du machst dich gut«, sagte sie mit einem Lächeln.

»Danke«, sagte ich und drehte mich um und folgte Ares, als er in Richtung der Stelle schritt, wo seine Schwester mit einem hübschen Mann mit weißen Flügeln plauderte.

»Eris, ich muss kurz mit dir reden und zwar jetzt!«, schnappte Ares und zog sie an der Schulter zu sich heran. Eine Welle prickelnder Hitze erfasste mich als sie sich umdrehte, und ihn mit Zorn in den Augen anfunkelte. Dieser verblasste jedoch, als sie seinen Gesichtsausdruck sah, und ein Lächeln legte sich stattdessen auf ihre violett geschminkten Lippen.

»Oh je, was ist denn in dich gefahren?«, fragte sie, als er sie von dem Mann wegzog und an einer schmalen Säule im griechischen Stil anhielt, auf deren Spitze warme orangefarbene Flammen flackerten.

»Du hast es gewusst. Du wusstest, was Zeus mit

meiner Kraft gemacht hat.« Seine Worte trieften nur so vor eisiger Wut, aber ich spürte kein Ziehen in meinem Bauch.

Eris Lächeln verschwand für eine Mikrosekunde.

»Ja. Ich hatte dir gesagt, dass ich Informationen mit dir austauschen würde, aber du hast mich abgewiesen. Das ist dein Problem, nicht meins.«

»Ich dachte, ich könnte dir vertrauen«, zischte er.

»Dann bist du ein größerer Narr, als ich dachte«, antwortete sie, und ihre Augen waren so hart wie die Seinen.

Ein Ruck ging durch meinen Bauchnabel und Ares leuchtete strahlend hell auf.

»Wenn du heute Abend immer noch meine Hilfe benötigst, würde ich dir raten, dich zu beruhigen, kleiner Bruder.«

Ares Augen wanderten zu den meinen und er ließ Eris Schulter los.

»Ich komme in zehn Minuten zurück und dann setzen wir unseren Plan in die Tat um.« Ohne auf eine Antwort zu warten, schritt er davon. Ich wollte ihm nachgehen, aber Eris packte mich am Ellbogen, als ich mich abwenden wollte.

»Lass ihn sich abkühlen gehen. Du brauchst ihn heute Abend bei voller Stärke.«

»Ich schätze, dass es ziemlich heftig ist, die Kraft eines Gottes an jemand anderen weiterzugeben?«, fragte ich sie.

Ihr Blick senkte sich auf den Boden, bevor sie mir antwortete.

»Das sollte eigentlich nicht möglich sein. Nur ein Wesen, so mächtig wie Zeus, könnte das tun. Es bricht eine der wenigen Regeln, die die Götter haben.« Sie stieß einen Seufzer aus. »Die Macht eines Gottes ist ein Bestandteil von ihm. Es ist die größte Abartigkeit, die Kraft eines Gottes zu stehlen und sie dann jemand anderem zu verleihen.«

»Und es war sein eigener Vater, der es getan hat«, sagte ich leise.

»Ja.«

Der ganze aufgebrachte Stolz, den sie auf ihren Bruder gerichtet hatte, war verschwunden. Ich wollte wirklich glauben, dass sie es Ares nicht gesagt hatte, weil sie wusste, dass es ihn verärgern würde. Warum stellte sie sich dann aber so zickig an?

»Können wir dir immer noch vertrauen, dass du uns heute Abend hilfst?«, fragte ich sie leise.

»Ich sagte, ich würde es tun und das werde ich auch. Ich bin inzwischen an die Wutausbrüche meines Bruders gewöhnt.« Sie verdrehte die Augen und nahm einen Schluck aus ihrem Glas, während ich den Drang unterdrückte, ihn zu verteidigen.

»Gut«, sagte ich und begab mich in die Menge, um den Gott des Krieges zu finden.

»Weißt du, in London würden wir deine Schwester als einen Trottel bezeichnen und deinen Vater als einen absoluten Vollidioten.«

Ares wandte sich von der rankenbewachsenen Wand ab, die er anstarrte und sah mich an. Ich hatte erwartet, in seinen Augen feurige Wut zu sehen, aber da war eine Leere in ihnen, die einen verzweifelten Schmerzensstich durch mein Herz jagte.

»Mein Vater ist nicht verpflichtet, mit mir anders

umzugehen als mit allen anderen in Olymp. Er hat bereits zu viele Regeln gebrochen, was ist da eine Weitere, um seinen Plan voranzubringen? Ich war einst bereit Hippolyta sterben lassen, weil die Regeln eines Spiels es verlangten.« Ich war mir sicher, dass ich Scham aus seiner Stimme heraushören konnte.

»Bereust du das?«

»Ich bin froh, dass sie am Leben ist.«

»Das ist keine Antwort.«

»Bereuen ist das falsche Wort. Ich frage mich allerdings, ob es einen besseren Weg gibt, mein Leben zu leben.«

Auch wenn ich diesen Mann erst seit kurzer Zeit kannte, hatten seine Worte eine starke Wirkung auf mich. Der alte, wütende, arrogante Gott, den ich in London kennengelernt hatte, hätte diesen Satz nie ausgesprochen.

»Wir holen uns deine Kraft von ihr zurück. Ich werde dir helfen, sie zurückzubekommen. Ich schwöre es dir.«

Der hohle Blick in seinen Augen wurde durch ein Glühen ersetzt, und einen Herzschlag später wurde er durch ein Inferno ersetzt. Meine Lippen öffneten sich vor Überraschung als er seinen Helm abnahm, ehe er den Abstand zwischen uns mit einem Schritt verringerte.

»Du veränderst mich, Bella«, sagte er, und seine Hand ergriff meinen Hinterkopf und zog meinen Mund so nah an seinen, dass sich sein heißer Atem mit meinem vermischte. »Ich brauche dich.« Seine Worte waren das intensivste Aphrodisiakum, das ich mir vorstellen konnte. Niemand hatte mich je gebraucht und schon gar nicht jemand wie Ares.

Die Kriegstrommeln erwachten in meinen Ohren zum Leben, ohne langsamen und gleichmäßigen Aufbau diesmal. Sie tönen schnell und rhythmisch, wie der Herzschlag in meiner Brust. Als sich Ares Lippen auf die meinen legten, schoss flüssiges Feuer durch meinen Körper. Ich küsste ihn genauso verzweifelt zurück, wie er mich küsste. Ich weidete mich an seinem Appetit, als seine Zunge über meine glitt und er mich so nah an sich heranzog, wie es nur ging, als jedes bisschen Distanz zwischen uns unerträglich.

Ein kleiner Teil meines Gehirns wurde sich der Tatsache bewusst, dass wir uns in der Öffentlichkeit befanden. Ich wich einen Schritt zurück und warf einen Seitenblick auf den Raum.

Jeder der Gäste im Ballsaal starrte uns an. Mein Blick fand die drei Kriegsherren in der Menge problemlos. Zum Glück war Aphrodite nirgends zu sehen und ich holte tief Luft, während Ares sich aufrichtete.

»Ist das keine Feier? Lasst uns tanzen!« Mir blieb der Mund offenstehen, als der Gott des Krieges die Worte brüllte und sogleich eine schwungvolle Melodie als Antwort erklang. Gnädigerweise wandten sich die meisten Gäste von uns ab, suchten sich umgehend ihre Partner und tänzelten in eleganten Manövern durch den Raum.

»Nun, wenn das mal kein Weg ist unsere Zuschauer loszuwerden«, murmelte ich.

»Die Könige werden sehr bald Geschichte sein«, sagte Ares und hob mein Kinn an, um mir in die Augen zu sehen.

»Aphrodite ist nicht hier«, sagte ich.

»Nein.« Sein Ausdruck veränderte sich und eine Dunkelheit erfasste einen Moment lang seine Augen, sodass die Worte nur zögernd von meinen Lippen drangen.

»Liebst du sie?« Ich schaffte es nicht, meine

Emotionen aus den Worten herauszuhalten. Es war mir nicht mehr möglich, cool zu bleiben. Er wusste, dass ich ihn wollte und es war sinnlos, es zu verbergen, aber wenn er Aphrodite immer noch wollte, musste ich es jetzt wissen. Wie könnte er auch nicht? Sie war die verdammte Göttin der Liebe, das schönste Wesen auf der ganzen Welt.

»Nein.«

Ein Gefühl der Erleichterung überkam mich und mir wurde klar, wie sehr ich mir Sirgen gemacht hatte, wie weit Aphrodites Kontrolle über ihn ging. Ich konnte keinen Mann respektieren, der sich von einer Frau so behandeln ließ, wie sie es getan hatte - und ich wollte so sehr, dass ich mir gestattete, Ares zu respektieren. Die flüchtigen Blicke auf den Mann unter der Rüstung, sowohl körperlich als auch geistig, ließen mich verzweifelt nach mehr verlangen. Winzige Andeutungen seines Humors, seiner Zärtlichkeit, seiner Intelligenz begannen, ihren Platz neben der Ehrfurcht einzunehmen, die ich für ihn als Krieger empfand und ich wusste, dass ich riskierte, mich in ihn zu verlieben, wenn ich noch weiter sah.

»Okay, gut«, sagte ich, jedoch konnte ich nicht verhindern, dass sich ein Lächeln auf meinem Gesicht ausbreitete.

BELLA

»**D**ie Könige kommen«, sagte er, und beugte sich vor, um seinen Helm wiederaufzuheben. Mit einem Schimmern und einem leichten Prickeln im Bauch, verwandelte er ihn in das Stirnband und befestigte es an seinem Gürtel, bevor er einen Arm um meine Taille legte und meine andere Hand in die seine nahm, und dann mit mir etwas, das einem Walzer ähnelte, tanzte.

»Du tanzt?«, sagte ich verblüfft.

»Wenn ich eine Ausrede brauche, um in deiner Nähe zu sein, tanze ich«, sagte er. Seine Worte ließen mir einen Schauer der Freude über den Rücken laufen.

»Und eine Ausrede, um den Königen des Krieges aus dem Weg zu gehen«, fügte ich hinzu, als wir an ihnen vorbeitanzten. Ich warf den Dreien ein spöttisches Lächeln über Ares breite Schulter hinweg zu, als wir uns in die Menge der anderen tanzenden Paare mischten. Viele von ihnen sahen uns an, und ich vermutete, dass das Abnehmen seines Helms und das Küssen von Mädchen nicht zu den üblichen Aktivitäten von Ares auf Festen gehörte. Bei dem Gedanken rückte ich näher an ihn heran, geradezu besitzergreifend und wünschte, seine Rüstung würde nicht verhindern, dass meine Haut die seine berührte. Trotzdem war sie warm. Ich nutzte meine Kraft um ein wenig an Körpergröße zu gewinnen; gerade so viel, dass ich meinen Mund dicht an seinen Hals drücken konnte.

»Ich will dich aus dieser Rüstung schlüpfen sehen«, flüsterte ich mit meinem Mund in seine Halsgrube gedrückt, und ich sprach so leise, dass ich nicht einmal sicher war, dass er mich hören würde.

Ich spürte, wie er seinen Arm um meine Taille legte und mich noch fester an sich zog, woraufhin er uns schnell herumwirbelte und mich zum Kichern brachte, als er mich fast von den Füßen riss. Als sich unsere Blicke begegneten und wir an Tempo verloren, spürte ich seinen Hunger.

»Diese Rüstung ist das Einzige, was mich davon abhält, dir hier und jetzt deine Klamotten vom Leib zu reißen«, knurrte er. Leidenschaft durchflutete mein Innerstes und ich spürte, wie sich jeder Muskel in meinem Körper anspannte.

»Nicht vor all diese reizenden Menschen?«, sagte ich, bemüht, meine Stimme nicht verzweifelt, sondern kokett klingen zu lassen und hob meine Stimme gerade so weit an, dass andere sie hören konnten. »Es wäre mir viel lieber, wenn wir allein wären.« Das war der Plan, den Eris uns vorgegeben hatte. Wir sollten den Anschein erwecken, dass wir die Hände nicht voneinander lassen konnten und, dass wir uns irgendwo hin zurückziehen wollten, um allein zu sein. Doch zu diesem Zeitpunkt sprach ich nicht nur nach dem Drehbuch. Ich hätte alles getan, um mit ihm allein zu sein.

Er starrte mir in die Augen, während wir zu dem

heiteren Lied tanzten, das ich über die schlagenden Trommeln kaum hören konnte. Als bewegten sich seine Lippen nicht und ich merkte, dass nur ich ihn hören konnte.

»Ich hoffe, dieser Drache weiß zu schätzen, welche Opfer ich dafür aufbringe, ihm seinen verdammten Zahn zurückzuholen. Das ist nämlich der stärkste Test meiner Willenskraft, den ich je erlebt habe.«

Ich biss mir auf die Unterlippe und erwiderte, mit der Absicht ihn zu provozieren.

»Ich weiß nicht, was du meinst? Was stellt deinen Willen so sehr auf die Probe, Panzerknabe?«

Begierde blitzte hungrig in seinen Augen auf.

»Du. Du bist so verdammt unwiderstehlich.«

»Du hast geflucht«, flüsterte ich laut und lächelte von breit. Ares wollte mich genauso sehr, wie ich ihn wollte und dieses Wissen war das Köstlichste der Welt.

»Es liegt an deinem schlechten Einfluss«, sagte er, dann verlangte sein Mund wieder nach Meinem und genau wie bei unserem allerersten Kuss ergriff mich wieder dieses Gefühl der vollkommenen Richtigkeit. Das war der Ort, an dem ich sein sollte, in Ares Armen.

Der Kuss war viel zu kurz, aber das rasende Inferno in Ares Augen verriet mir auch weshalb. Er hatte nicht übertrieben. Er hatte wirklich Mühe sich zurückzuhalten. Ich löste mich aus seiner Umarmung und zerrte ihn an der Hand in Richtung der großen Treppe. Er folgte mir und ich spürte ein Gefühl der Zufriedenheit ob des erstaunten Gemurmels der anderen Gäste. Ares gehörte mir und jeder von ihnen wusste es. Die Treppe war mit einem moosgrünen Teppich ausgelegt, in dem meine goldenen Stöckelschuhe versanken, aber ich nahm es kaum wahr. Alles, was ich wahrnahm, war der Finger des riesigen Gottes, der meinen umschlang, als er sich hinter mir bewegte. Ja, das war alles Teil des Plans, aber verdammt, es könnte so leicht zu mehr werden.

Im Mezzaningeschoss waren überall Gäste. Einige lehnten sich über das Geländer, andere schauten gebannt der Akrobatin zu. Ein paar von ihnen drehten sich in unsere Richtung und kicherten hinter vorgehaltener Hand, als wir zur nächsten fein geschnitzten Holztür eilten. Sie führte zu einer weiteren Treppe. Diese war schmal und aus hellerem Holz gefertigt. Ich hatte das schon gewusst, denn Zeeva hatte uns vor unserer Abreise erzählt, wie wir zum nordöstlichen Turm kommen konnten. Wir mussten zwei weitere Treppen hinauf, einen langen Korridor nach links, durch eine Tür hindurch, die uns zu einer kleinen Außenbrücke führen würde, welche uns dann zu dem Turm bringen würde, den wir suchten. Einmal drin, mussten wir einen Wandteppich mit der Darstellung eines Kraken finden, der einen Durchgang verbarg, der zu einer weiteren Treppe führte. Der Falltreppe, die uns töten könnte.

Wir eilten die zwei langen Treppen hinauf und in erleichtertes Keuchen entwich mir, als ich sah, dass der Korridor sowohl links als auch rechts völlig leer war. Ich drehte mich zu Ares um und mit einem Ruck in meinem Magen verschwand seine Rüstung, sein Stirnband glühte einen Moment lang hell auf. Er drückte mich hart gegen die mit Weinreben bewachsene Wand hinter mir. Er schob eine Hand in mein Haar, während die andere meine Wange streichelte.

»Du bist betörend«, hauchte er und die Trommeln schlugen.

»Das bist du auch«, erwiderte ich und das war er auch. Ich griff nach oben, um seinen harten, stoppeligen

Kiefer zu berühren, seine schönen Augen hypnotisierten mich.

»Ich will dich. Jetzt. Ich brauche dich so sehr.«

Verdammt, war ich bereit. Der Schmerz des Verlangens, den ich in meinem Inneren spürte war fast zu groß. Meine Lungen arbeiteten kaum richtig, als mein Brustkorb sich hob.

»Ich gehöre ganz dir.«

Mit einem Stöhnen senkte Ares seinen Kopf und küsste meinen Hals Er schlang einen Arm um meine Taille und zog mich fest an sich. Ich seufzte glücklich, als ich seine Erektion durch den dünnen Stoff seiner Hose spürte, dann tastete ich mich mit meinen Händen zwischen unseren Körpern vor, weil ich ihn berühren wollte. Er ließ von meinen Lippen ab und küsste meinen Hals, über mein Schlüsselbein und hinunter zu meinen Brüsten. Meine Haut glühte mit all den Empfindungen, die seine Lippen in mir auslösten und ich konnte spüren, wie Funken der Lust mit jedem Kuss zwischen meine Beine verlief, und mir die Knie wacklig wurden.

Meine Hände erreichten den Bund seiner Hose, und ich konnte nicht widerstehen, ihm über seine festen Bauchmuskeln zu streicheln. Er war so hart, so stark, so unnachgiebig. So perfekt.

»Gott«, stöhnte ich, und er bewegte sich wieder und küsste mich hart auf die Lippen. Mit einer Vorfreude, die die Aufregung, die ich normalerweise vor einem Kampf verspürte, völlig in den Schatten stellte, griff ich mit meiner Hand in seine Hose. Ich weiß nicht, was für ein Geräusch mir entwich, als sein Kuss intensiver wurde, aber ich hatte es mit Sicherheit noch nie zuvor gemacht.

Perfekt war eine Untertreibung.

»Bitte«, keuchte ich, unterbrach den Kuss und befreit

ihm vom Stoff seiner Hose. »Ich brauche dich. Ich will dich.« Er knurrte etwas Unverständliches, dann hob er mich mit dem Arm, den er um meine Taille gelegt hatte, vom Boden hoch und schlang ich meine Beine um seine feste Mitte. Ich zog an meinen Röcken, so dass kein Stoff mehr zwischen uns lag. Ich schlang meinen Arm um seinen Hals und lehnte meinen Kopf zurück gegen die Wand. Die Spitze seines steinharten Gliedes drückte sich in meine Nässe.

»Ares«, hauchte ich und war mir kaum bewusst, dass ich überhaupt sprach. Noch nie in meinem Leben hatte ich etwas so sehr gewollt. Ich hätte alles, wirklich alles, für diesen Moment aufgegeben.

Der Boden bebte unter uns, die Wand, an die ich gepresst war, rumpelte laut.

»*Ihr zwei müsst euch auf den Weg machen, sofort!*« Eris Stimme durchdrang meine Leidenschaft, und Ares erstarrte.

»Scheiße! Scheiße! Scheiße!«, fluchte ich, als er mich ansah, offensichtlich genauso wenig gewillt, das, was wir vorhatten, aufzugeben. Dann bebte der Boden wieder, und Ares stolperte zur Seite. Ich schwang meine Beine auf den Boden. Mein Gesicht und mein Körper standen in Flammen, als ich gegen ihn stieß, aber dann kippten wir in die andere Richtung. Nur mit Mühe verlor ich nicht das Gleichgewicht. Mit einem kleinen Schimmer war Ares Rüstung wieder an ihrem Platz, und er nahm mich bei der Hand und wir rannten zusammen den Korridor hinunter.

»Er weiß, dass wir hier sind«, sagte Ares, wobei seine Stimme so angespannt war, wie sich mein kribbelnder Körper anfühlte.

»Arschloch«, spuckte ich.

»Ich dachte, das wäre für mich reserviert?«, rief Ares und sein Tempo beschleunigte sich, als der Korridor wieder in die entgegengesetzte Richtung schwankte und uns gegen die gegenüberliegende Wand schleuderte. Wir waren jedoch zu schnell, und wir beide behielten den Boden unter den Füßen, als wir weiterrannten. Unsere Hände waren immer noch ineinander verschränkt.

»Nicht mehr.«

Am Ende des mit Laub bedeckten Korridors befand sich eine Stahltür, gegen die wir geworfen wurden, als der Boden heftig ruckte.

»Bewegt sich etwa das ganze Schloss?« Ich stöhnte, als wir beide an einem massiven, verzierten Türgriff zerrten und meine Füße krampfhaft versuchten, mich aufrecht zu halten, während sich der Boden unter mir bewegte.

»Ich weiß es nicht. Es ist verschlossen.« Als Ares meine Hand losließ, überkam mich sofort ein Gefühl der Verzweiflung. Seine Augen huschten zu meinen, um zu bestätigen, dass er dasselbe spürte, bevor er sein Schwert aus der Scheide an seiner Taille zog, die mit seiner magischen Rüstung erschienen war. Ich ließ ihn von meiner Kraft zehren, als er die Klinge auf den Griff schlug. Das Metall löste sich von der Tür, und ich beugte mich vor, um den Mechanismus aus dem Inneren herauszuziehen, der die Tür verschlossen hielt. In dem Augenblick, in der die Tür aufschwang, strömte eisige Luft über mich hinweg. Dahinter lag eine Steinbrücke, und es regnete unerbittlich. Ein mittelalterlich anmutender Steinturm war am anderen Ende der Brücke errichtet worden, die weder Seiten noch Geländer hatte. Ich spürte, wie sich mein Magen aufbäumte, als der Gang, auf dem wir geradestanden, hin und her schwankte, doch die Brücke blieb ruhig. Es war nicht die ganze Burg, die sich bewegte, sondern nur der Turm, in dem wir uns befanden.

Bevor mich Furcht übermannen konnte oder ich wegen des schwankenden Gangs die Balance verlor, trat ich auf die Brücke hinaus.

»Scheiße, es ist verdammt kalt hier!«, schrie ich, als eiskalter Regen auf mich niederprasselte. Ich machte einen Schritt nach vorne und meine Ferse rutschte augenblicklich auf dem klatschnassen Stein ab. Ich ging in die Hocke, zog beiden Schuhe aus, und als ich mich aufrichtete, traf mich ein gewaltiger Windstoß. Mein Herz schlug wie wild in meiner Brust, hielt meine Schuhe in einer Hand festumklammert und den anderen Arm ausstreckte, um das Gleichgewicht zu bewahren. Trotz meiner Vorsicht rutschte ich aus und fiel fast zu Boden, doch dann schloss sich Ares massive Hand um meinen Ellbogen und fing mich ab.

»Danke«, keuchte ich, und mein Herz hämmerte mir gegen die Rippen.

»Beweg dich«, bellte der Gott als Antwort und ausnahmsweise tat ich, wie mir geheißen war und setzte einen nackten Fuß vor den anderen, so schnell ich mich traute, ohne dass Ares mich losließ.

Zum Glück war die Tür auf der anderen Seite nicht verschlossen so dass ich sie aufriss und mich aus dem horrenden Regen ins Innere stürzte. Ares folgte mir schnell hinein und knallte die Tür hinter uns zu. Wir befanden uns am Fuße einer weiteren Treppe, dieses Mal in Form einer breiten Spirale. Die Ranken waren hier spärlicher und erstreckten sich nur über die niedrige Decke. Alles war schwach beleuchtet von glühenden Kugeln aus grünem Licht, die in den Felsen selbst eingebettet zu sein schienen.

»Ich bin völlig durchnässt«, sagte ich leise, während ich mich an die Wand lehnte, um um Atem zu ringen und mir die nassen Haarsträhnen aus dem Gesicht zu schieben. Es fühlte sich an, als hätte der wunderschöne Kopfschmuck, den Eris um das ganze Arrangement gewickelt hatte, sich trotz der Küsse und des Regens recht gut gehalten.

»Du kannst deine Kraft benutzen, um dich zu trocknen. Das ist so, als würdest du deine Heilkraft benutzen, aber stell dir stattdessen vor, es wäre wärmer.«

Ich sah Ares an und wollte ihn bitten, es für mich zu tun. Besser noch, ich wollte, dass er mir meine nassen Klamotten auszieht und mich auf eine ganz andere Weise wärmt. Doch das kam jetzt nicht in Frage. Wir wussten, dass wir an einem Ort waren, an dem wir nicht sein sollten, deshalb war unsere Zeit begrenzt. Sobald ich an den König des Krieges dachte, spürte ich seine Anwesenheit, eine bedrängende Unruhe füllte sich in meinem Hinterkopf.

»Er versucht, mit uns Kontakt aufzunehmen«, sagte Ares. »Lass es nicht zu.«

Ich nickte und die Präsenz wurde schwächer.

»Wir sollten uns beeilen«, sagte ich. »Zeeva sagte, wir müssen nach einem Wandteppich mit einem Kraken darauf suchen.«

»Wir müssen uns beeilen. Ich will das hinter mich bringen.«

Ich wusste genau, was er meinte. Der Nervenkitzel des Raubes war nichts mehr im Vergleich zu dem Versprechen, das unsere Körper einander gegeben haben. Obwohl der zusätzliche Adrenalinschub, den unsere Flucht durch das Schloss ausgelöst hatte, gut zu unserer Laune passte. Ich wusste, dass ich glühte, ich konnte es auf meiner Haut sehen. Ich war so lebendig, wie ich mich noch nie gefühlt hatte. Ich war überströmt mit Energie.

Hol dir den Zahn, bring ihn zu Dentro, und dann fick den Gott des Krieges besinnungslos.

Es sah aus als könnte das, eine verdammt gute Nacht werden.

BELLA

In dem weiten Treppenhaus hingen viele Wandteppiche, die fast alle furchterregende Monster darstellten. Es dauerte nicht lange, bis wir ein Bild fanden, das eine riesige krakenartige Kreatur zeigte, die ein Schiff, das zwanzig Fuß über der Oberfläche des Ozeans schwebte, in Richtung eines nassen Endes zog. Es war verdammt schwer, aber wir schafften es, es herunterzuziehen, wobei ein beunruhigend kleiner Tunnel zum Vorschein kam.

»Zeeva hat nicht erwähnt, dass er so klein sein würde«, sagte ich und starrte auf den dunklen Eingang.

»Für sie ist er wahrscheinlich nicht klein.«

»Ich habe sie schon im Raubkatzenmodus gesehen«, sagte ich und verzog das Gesicht. »Sie ist nicht so winzig, wie du vielleicht denkst.«

»Willst du zuerst gehen?«, fragte Ares mich.

Ich nickte, dann ließ ich mich auf die Knie fallen. Ein schwacher Geruch drang aus dem Tunnel, aber er war nicht unangenehm. Es war eine Art rauchiger, würziger Geruch, den ich zu erkennen glaubte.

»Wenn dieser Turm anfängt, hin und her zu wackeln, während ich da drin bin, wird das nicht gut für mich enden«, sagte ich und sah über meine Schulter zu Ares auf.

»Hoffentlich ist das ein Verteidigungsmechanismus, den nur der letzte Turm aufweist.«

»Hoffen wir es.« Ich bemühte mich, den zweifelhaften Ton aus meiner Stimme herauszuhalten und stützte mich auf meine Hände.

Der Tunnel war kürzer, als ich erwartet hatte, und nur für wenige Sekunden richtig dunkel, bis er sich steil nach oben abwinkelte und vom anderen Ende Licht hineinströmte. Es war anstrengend, den steilen Anstieg hinaufzukrabbeln, doch die Pflastersteine waren rau genug, um guten Halt zu bieten und der angenehme Geruch machte die Sache leichter. Als ich am anderen Ende herauskroch, fand ich mich am Fuß einer weiteren Treppe wieder und konnte sofort erkennen, dass diese anders war. Ich hatte keinen Zweifel daran, dass es sich um die Falltreppe handelte, von der uns Zeeva erzählt hatte.

Sie war riesig. Jede Stufe war so groß, dass ich mich mit Leichtigkeit darauflegen konnte. Und hoch war sie auch nicht, nur etwa zwanzig Stufen hoch, mit einer harmlos aussehenden Holztür am oberen Ende. Ranken schlängelten sich auch hier über die Decke und wickelten sich um den Rahmen der Tür, kamen jedoch nicht mit den Steinstufen in Kontakt. Grünes Licht leuchtete aus dem Gestein hervor und vermischte sich mit meinem eigenen goldenen Glühen. Ares tauchte hinter mir aus dem Tunnel auf, als ich vorsichtig aufstand. Nachdem ich mich aufgerichtet hatte, sah ich, dass die breiten Stufen mit Schnitzereien versehen waren, die jedes Mal zu verschwimmen schienen, wenn ich versuchte, mich auf die Details zu konzentrieren.

»Das hier fühlt sich nicht richtig an«, sagte Ares zu mir und ich nickte bestätigend. Von dem Stein ging eine schlechte Schwingung aus, wie das Gefühl, wenn sich der Himmel bewölkt und es plötzlich kalt wird und man irgendwo anders sein möchte.

»Kannst du sehen, was in die Treppe eingeritzt ist?«, fragte ich ihn.

»Nein. Die Bilder bewegen sich ständig.« Wir gingen beide vorsichtig näher an die unterste Stufe heran. Je mehr ich versuchte, die Zeichnung zu erkennen, desto mehr schienen die Linien sich zu bewegen und sich mir zu entziehen.

»Bleibt ruhig«, schnauzte ich und wie durch ein Wunder taten sie es. Ich sah Ares langsam an, die Augenbrauen gewölbt. »Habe ich das gerade getan?«, flüsterte ich.

»Vielleicht gehorcht die Magie hier dem Krieg«, sagte er und wandte sich dann der Treppe zu. Während er sprach, spürte ich einen kleinen Ruck, offenbar in Richtung der Treppe. »Alle falschen Stufen sollten sich jetzt offenbaren!«, befahl er. Nichts geschah und ein kleines Prusten entkam mir.

»Hast du erwartet, dass du mit einer Treppe reden könntest?«

Ares starrte mich an.

»Hast du eine bessere Idee?« Ich beugte mich vor und blickte auf das nun klare Bild auf der untersten Stufe. Es stellte einen Helm dar, der dem von Ares ähnelte, mit einem großen Federbusch darauf und einem Kranz darunter.

Ich sah mir die Schnitzerei auf der nächsten Stufe an.

Es war ein Löwenkopf, das Maul knurrend geöffnet, die Zähne gefletscht. Auf der nächsten Stufe war gar nichts eingemeißelt, und auf der übernächsten war die Silhouette einer Frau mit einem scharfen Haarschnitt und einer Schlange. Höher konnte ich nicht sehen, ohne die Treppe hinaufzusteigen.

»Die Bilder müssen etwas bedeuten. Das mit der Frau sieht aus wie altägyptische Hieroglyphen. Und ihr Haar... Sie könnte Kleopatra sein. Sie hatte sicher etwas mit einer Schlange zu tun.«

Ares schaute mich an, während ich mein Gesicht in Gedanken verzogen hatte.

»Wir haben keine Zeit für so was.«

»Tja, sofern du nicht fliegen kannst, müssen wir uns was einfallen lassen.« Er hielt inne und ich wurde sofort übermütig. »Können wir fliegen? Bitte, bitte sag mir, dass wir fliegen können!«

»Nein. Götter brauchen nicht zu fliegen, sie können sich mit Magie teleportieren.«

»Oh.« Ich verzog das Gesicht. »Im Schloss können wir das nicht«, sagte ich und stemmte die Hände in die Hüften. Ares tat es mir gleich und stemmte seine eigenen Fäuste in die Hüften.

»Nein.«

»Also gut. Kleopatra. Habt ihr eine am Olymp? Oder ist sie nur eine Person der sterblichen Welt?«

»Sie ist eine unbeträchtliche Gottheit in meinem Reich.«

»Oh, ich möchte sie kennenlernen!«

»Konzentrier dich, Bella.«

»Scheiße, ja, tut mir leid.« Ich wandte mich wieder den Schnitzereien zu. »Hat sie irgendwelche Kriegskräfte?«

»Ja.«

»Okay. Das mit dem Löwen weiß ich nicht. Gibt es irgendwelche Kriegslöwen im Olymp?«

»Ja. Den Nemeischen Löwen, obwohl er jetzt tot ist. Getötet bei den Unsterblichkeits-Tribunalen.«

»Okay, den Löwen gibt es also auch hier. Was ist mit dem ersten Bild? Das könntest du sein.«

»Nein, nicht mit dem Kranz. Damit kann ich nicht gemeint sein.«

»Könnte es Julius Cäsar sein? Er war ein berühmter Kriegsgeneral in meiner Welt.«

»Ich habe noch nie von ihm gehört. Athene kümmert sich um den Krieg und die Politik in der Welt der Sterblichen. Ich finde sie zu... restriktiv.« Ares zuckte mit den Schultern. Ich seufzte.

»Also gibt es da keine Verbindung. Sie sind alle unterschiedlich.«

»Ist deine Julius-Cäsar-Figur tot?«

»Längst tot«, nickte ich.

»Wie der Nemeische Löwe. Vielleicht sollten wir nicht auf den Stufen von Kriegern stehen, die gestorben sind?« Ich holte tief Luft.

»Es ist einen Versuch wert.« Ares machte einen Schritt nach vorne und ich griff nach seinem gepanzerten Arm auf. »Warte. Versuch zuerst, etwas auf die Stufe zu stellen, als Test.«

»Was zum Beispiel?«

Ich sah mich in dem kleinen Raum um und versuchte, etwas zu finden, das schwer genug war, um die Falle gegebenenfalls auszulösen.

Aber da war nichts. »Wäre eines meiner Schmuckstücke vielleicht schwer genug? Was meinst du?«, fragte ich ihn und berührte den komplizierten Kopfschmuck.

Seine Augen verdunkelten sich, und ich sah eine Flamme in seiner Iris auflodern, als sein Blick über mich hinwegstrich. »Dein Kleid wäre schwer genug.«

»Ich werde mein Kleid nicht ausziehen«, sagte ich und warf ihm einen harten Blick zu. »Ich bin schon barfuß; wenn wir erwischt werden, wäre es mir lieber, ich stände hier nicht in Unterwäsche.«

»Dann testen wir es halt mit meinem Leben aus«, sagte er achselzuckend und ich konnte den neckischen Tonfall deutlich in seiner Stimme hören.

»Willst du ernsthaft behaupten, dass dein Leben davon abhängt, dass ich mich ausziehe?«

»So sieht es aus.«

Ich verdrehte die Augen, dann zog ich den Kopfschmuck von meinem Kopf. Mein Haar fiel mir in den Nacken, als ich es befreite und ich war erleichtert, dass das Gewicht des Kopfschmucks in meinen Händen scheinbar größer war als die Leichtigkeit, mit der ich ihn auf meinem Kopf empfunden hatte. Ich legte ihn vorsichtig auf die Löwenstufe. Nichts geschah.

»Zieh deine Stiefel aus.« Ich drehte mich zu Ares um und streckte meine Hand aus.

»Was?«

»Die gehören nicht zu deiner magischen Rüstung, oder?«

»Nein, aber...«

»Dann zieh sie aus«, befahl ich.

»Du willst, dass der Kriegsgott ohne Schuhe in eine große Schlacht zieht?«

Ich hob meinen Rock bis zu den Knien und wackelte ihm mit meinen eigenen nackten Zehen entgegen. »Ja. Zusammen mit der schuhlosen Göttin des Krieges.«

Eine lange Pause entstand, aber dann beugte sich Ares vor.

»Warum hast du so eine Macht über mich?«

»Du hast noch nie getan, was ich dir gesagt habe«, sagte ich. »Du hast dich strikt geweigert, irgendetwas zu tun, worum ich dich zuvor gebeten habe.« Er richtete sich auf, nachdem er sich seine beiden massiven Stiefel ausgezogen hatte. Ich schaute auf seine einfachen schwarzen Strümpfe hinunter. Als ich wieder in sein Gesicht sah, waren seine Augen ernst.

»Ich meine es ernst, Bella. Ich habe es aufgegeben, mich dagegen zu wehren. Du hast wirklich eine Macht über mich.«

Mein Gesicht erhitzte sich vor Genuss und Verlegenheit zugleich.

»Ich habe die ganze Macht«, grinste ich ihn an und versuchte, die Spannung zu überspielen. »Deshalb bin ich ja hier, schon vergessen? Kriegsmagie-Batterie?«

Er schüttelte den Kopf und hielt mir seine Stiefel hin. Sobald ich sie meinem Kopfschmuck hinzufügte, gab die Stufe ein lautes, knackendes Geräusch von sich, dann wurde sie völlig durchsichtig. Ein Schauer lief mir über den Rücken, als ein lautes Summen in dem kleinen Steinraum ertönte und die Stiefel und der Kopfschmuck durch die Stufe hindurchfielen.

So ein Mist. Auf so einer würde ich in nächster Zeit nicht stehen wollen, aber der einzige Weg führte nach oben. Wir hatten es Dentro versprochen und wir würden ihn nicht im Stich lassen. Ich stählte mich und schöpfte aus dem flammenden Ball der Macht unter meinen Rippen, um meine Nerven zu beruhigen. Die Beklommenheit wurde augenblicklich durch eine Entschlossenheit diese Mission erfolgreich abzuschließen, von der ich wusste, dass sie mir gefährlich werden konnte. Jeder Sieg hat seinen Preis, erinnerte ich mich, als ich mich an Ares wandte.

»Ich denke, deine Stiefel waren auch so schon schwer genug«, sagte ich ihm. »Zu schade um das verdammt schöne Schmuckstück.«

ARES

»Meinst du, die leere Stufe ist sicher?«, fragte ich Bella.

»Muss ja. Niemand könnte die vierte Stufe von hier aus erreichen. Es sei denn, man wäre ein Riese.«

»Schade, dass wir nicht mehr Stiefel haben, um das auszuprobieren.« Ich hob eine Augenbraue und sie streckte mir die Zunge entgegen. Mein Körper reagierte sofort, und meine Erregung war unaufhaltsam.

»Steck das weg, oder Dentro wird zahnlos bleiben«, knurrte ich. Ihre Wangen färbten sich rosa und sie verlagerte ihr Gewicht.

Mit einem Ruck drehte ich mich von ihr weg und begutachtete die Stufe ohne die Schnitzerei. »Wenn ich falle, glaubst du, du kannst mich auffangen, bevor die Oxys mich erwischen?«, fragte ich sie.

»Wie sollte ich dich auffangen?«

»Du kannst ein Luftkissen machen, das mich wieder auffängt oder Peitschen rausschicken. Wir können die meisten Waffen mit unserer Kraft herbeizaubern.« Ich gewöhnte mich daran, sie *unsere* Kraft zu nennen, was bemerkenswert war, wenn man bedenkt, wie ich mich noch eine Woche zuvor gefühlt hatte.

»Ernsthaft, warum hast du mir diesen Scheiß nicht schon früher beigebracht?«

»Stell dir einfach vor, dass du die Waffe benutzt, während du auf deine Kraft zugreifst und sie wird erscheinen. Es wird nicht annähernd so stark sein wie *Ischyros,* aber es wird funktionieren. Du scheinst schnell zu lernen. Ich vertraue dir.«

Sie nickte mir mit entschlossenem Gesichtsausdruck zu. Mit einem kräftigen Atemzug machte ich einen Satz, der lang genug war, um mich zur dritten Stufe zu bringen. Das Herz pochte in meiner Brust, während ich mein Gewicht absetzte und Bella aufatmete. Die Stufe hielt mein Gewicht aus. Ich drehte mich zu ihr um, hielt ihr meine Hand hin und half ihr beim Aufsetzen auf den Stufen.

Ich hatte erwartet, dass ich mich mit jeder erfolgreichen Mutprobe sicherer fühlen würde, was aber nicht der Fall war. Jedes Mal, wenn wir über eine Stufe schwebten, musste ich daran denken, was passieren würde, wenn Bella von den Oxys gestochen würde und meine Brust verkrampfte sich vor Sorge.

Wir brauchten viel länger als mir lieb war, um herauszufinden, wer auf all den kleinen eingeritzten Zeichnungen abgebildet war, aber gemeinsam schafften wir es durch.

»Weißt du, ich könnte einen Drink gebrauchen«, schnaufte Bella, als wir endlich den unbehauenen Steinabschnitt vor der schlichten Tür erreichten.

»Es ist noch nicht vorbei.« Ich beäugte die Türklinke misstrauisch. Zeeva hatte gesagt, wir bräuchten Kriegskraft, um sie zu öffnen. »Du bist stärker als ich. Deswegen denke ich, dass du versuchen solltest, sie zu öffnen.«

»Das sagst du nur damit, es mich trifft und nicht dich, wenn etwas Unangenehmes passiert«, stichelte sie.

»Niemals«, sagte ich, während Emotionen durch meine Adern flossen und meine Hand schützend nach ihrer griff. »Ich würde niemals dein Leben für mein eigenes riskieren.« Die Worte waren meinen Lippen entkommen, bevor ich sie überhaupt gedacht hatte und ihre Überraschung war offensichtlich.

»Wirklich?«

Ich nickte. Ich wusste nicht, wann es genau passiert war, aber ich wusste, dass ich die Wahrheit gesagt hatte. Als wir am Ertrinken gewesen waren und die schreckliche Erkenntnis, dass nur einer von uns genug Kraft aufwenden konnte, um Unsterblichkeit zu erlangen, hatte mein Instinkt die Entscheidung für mich getroffen. Ich würde ihr Leben nicht für mein eigenes riskieren.

Diese Tatsache widersprach allem, was ich seit Jahrhunderten über die Göttin des Krieges zu wissen glaubte. Sie stellte alles in Frage, was mich dazu gebracht hatte, die Entscheidungen zu treffen, die ich vor so langer Zeit getroffen hatte.

Ich brauchte Zeit und Raum, um das alles zu verarbeiten und die alten Ereignisse noch einmal durchzuspielen und zu verstehen, wobei ich falsch lag. Ich musste mit meiner Mutter sprechen.

Doch das würde warten müssen. Alles, was ich jetzt tun konnte, war, mich der Tatsache hinzugeben, dass Bella mein Herz völlig erobert hatte.

»Warum?«, flüsterte sie, ihre Augen brannten vor Erregung.

»Ich könnte mich nicht zurückhalten, selbst wenn ich es wollte. Ich glaube, wir sind aneinandergebunden.«

Sie öffnete den Mund, dann schloss sie ihn wieder, mehrmals.

»Du willst also nicht so empfinden? Du kannst es einfach nicht ändern?« In ihrer Stimme lag ein Hauch von Schmerz und es fühlte sich an, als würde man mir ein Messer in den Bauch rammen. Ich griff nach ihr, zog sie zu mir heran und fuhr mit meiner Hand über ihre weiche Wange.

»Ich wusste nicht, dass es überhaupt möglich ist, sich so zu fühlen «, sagte ich ihr. »Ich würde dich gegen nichts auf dem ganzen Olymp eintauschen wollen.«

Ein Lächeln, echt und warm, erhellte ihr Gesicht und sie stellte sich auf ihre nackten Zehenspitzen, um mich sanft zu küssen.

»Du musst später noch mehr solche Dinge erzählen. Wenn wir diesen verdammten Zahn bekommen haben.«

»Es wäre mir ein Vergnügen.«

Bella grinste, dann schaute sie auf den Türgriff hinunter. Er war aus dem gleichen satten Holz geschnitzt wie die Tür und die Jahre der Abnutzung war er zu einem geschmeidigen Knauf abgerieben worden. Dasselbe unbehagliche Gefühl, das ich beim Betreten des Zimmers verspürt hatte, umspielte mich und ließ meine Haut kribbeln.

»Warte«, sagte ich. »Lass es uns gemeinsam tun. Bringen wir unsere Kräfte zusammen.«

Ein Ausdruck der Erleichterung flackerte über Bellas Gesicht.

»Klar. Guter Plan. Soll ich bis drei zählen?« Ich nickte.

Gemeinsam legten wir unsere rechten Hände um den Griff.

»Drei, zwei, eins.«

VIERUNDZWANZIG

BELLA

Sämtliche Haare standen auf meiner Haut zu Berge, und selbst meine Kopfhaut kribbelte. Die Tür bewegte sich, allerdings nur ganz langsam. Mein Magen drehte sich um und meine Lungen schienen sich schmerzhaft in meiner Brust auszudehnen, obwohl ich das Gefühl hatte, dass ich überhaupt keine Luft bekam. Ich drückte fester zu und spürte, dass Ares das Gleiche tat, aber die Tür ging weiter mit beängstigender Gemächlichkeit auf.

»Was sollen wir tun?« zischte ich. »Bei diesem Tempo wird es eine verdammte Woche dauern, bis die Tür sich öffnet.«

»Ich weiß es nicht. Nutze deine Kriegskräfte und lass es uns versuchen«, antwortete Ares, wobei seine Stimme einen Anflug von Ungewissheit in sich barg.

»Fühlst du dich auch so seltsam an wie ich?«, fragte ich und sah ihn an, aber irgendwie widerstrebte es mir, meine Aufmerksamkeit für mehr als eine Sekunde von der Türklinke abzuwenden. Es war, als ob meine Hand daran klebte.

»Ja, es fühlt sich eigenartig an.«

Ich suchte in mir nach der brennenden Quelle meiner Energie. Ich stieß einen Atemzug aus und dachte an die Vision des Schlachtfelds von zuvor.

Im nächsten Augenblick bewegte sich die Tür unter unserem Gewicht schneller, aber das unangenehme Kribbeln wurde augenblicklich zu einer Panikattacke.

Ich drohte zu ertrinken und die Tentakel wickelten sich um mich, doch Ares goldenes Leuchten erhellte das stockdunkle Wasser nicht und ich wurde hinuntergezogen, tiefer und tiefer. Ich konnte nicht atmen, mein Kopf war erfüllt von Schmerzen und meine Lungen brannten, als ein unsichtbares Band um meine Brust legte und meinen Atem, mein Leben und meine Seele aus meinem Körper quetschte. Ich war gefangen und ich würde sterben.

»Bella!« In der Ferne erklang Ares Stimme und die Vision begann sich zu verändern. Ich war nicht mehr am Ertrinken, sondern er. Er ertrank und ich musste zusehen, wie er starb, weil ich die ganze Macht hatte. Ich hatte die Unsterblichkeit. Nur einer von uns konnte ewig leben und ich würde der Grund für den Tod des wilden Kriegergottes sein.

Ich würde den einzigen Mann töten, der mich wollte.

Der mich liebte.

Ich musste zusehen, wie er starb.

Panik überwältigte mich völlig und ich konnte mich selbst schreien und strampeln hören, während meine Glieder taub wurden, aber ich konnte nicht aufhören.

»Ares!«, schrie ich, als sein Körper leblos im tintenschwarzen Wasser trieb. Mein Mund füllte sich mit Wasser und meine Augen brannten im Einklang mit meiner Brust.

. . .

Schmerz schoss durch meinen ganzen Körper, als wäre ich gegen etwas Festes geprallt, völlig im Widerspruch zu der Unterwasser-Vision, die meinen Geist beherrschte.

Als ich blinzelte war das Wasserbecken verschwunden. Blasser Stein lag vor mir. Der metallische Geschmack von Blut in meinem Mund riss mich aus der schrecklichen Vision und ich stellte fest, dass ich flach auf dem Steinboden lag. Schmerz schoss von der Stelle, an der meine Wange auf den Stein aufgetroffen haben musste, und meine Rippen und meine Schulter fühlten sich an, als wären sie von einem Lastwagen überfahren worden, als ich zaghaft versuchte aufzustehen. Rückstände der Vision von Ares totem Körper zuckten immer wieder durch meinen Kopf und mein Puls raste immer noch. Mit jedem Atemzug schmerzte meine Brust und ich wusste nicht, ob es aufgrund der Verletzung oder der Panik war.

»Ares?« Ich versuchte, seinen Namen zu rufen, aber der Schmerz, den ich beim Bewegen meines Kiefers hatte, trieb mir Tränen in die Augen. Etwas war gebrochen. »*Ares?*« Ich versuchte es erneut, diesmal in Gedanken.

»*Ich bin hier. Bist du verletzt?*« Seine mentale Stimme war angespannt.

»*Ja.*«

»*Heile dich selbst, schnell.*«

Scheiße, natürlich konnte ich mich selbst heilen. Die Intensität der Vision hatte mich träge und verschwommen gemacht und ich wandte mich an mein Inneres und wies meine Kraft an, alles zu reparieren, was kaputt war. Ein warmes Kribbeln schoss aus meinem Zentrum heraus und meine Rippen schmerzten für den

Bruchteil einer Sekunde höllisch, bevor ich das Gefühl hatte, wieder richtig atmen zu können. Danach brannte meine Schulter glühend heiß und ich schnappte nach Luft, als das Gefühl des Ungleichgewichts in meinem Torso nachließ. Als nächstes erhitzte sich mein Gesicht und als es aufhörte, hob ich den Kopf ein wenig. Es war kein Schmerz mehr zu spüren.

Auf Händen und Knien überprüfte ich erst meinen Körper und sah mich dann um.

»Ares!« Er lag neben mir, sein Gesicht sah schlimmer aus als sich meines angefühlt hatte.

»*Deshalb trage ich einen Helm*«, krächzte er in meinem Kopf. Er konnte seinen Mund nicht bewegen. Er sah aus, als wäre er mit der Wucht eines Orkans gegen den Stein geworfen worden, und eine Blutlache hatte sich unter der Seite seines Kopfes gebildet, die in den Boden eingeschlagen war. Ich krabbelte zu ihm hinüber und legte meine Hände auf seine Rüstung. Ich spürte, wie er an meiner Kraft zog und ich ließ ihn gewähren, wobei ich versuchte, ihm irgendwie mehr durch unsere Verbindung zu schicken.

»Was ist geschehen?«, flüsterte ich. Ich war immer noch geschockt von der Vision und ihn jetzt so zu sehen, blutend und gebrochen... Der Gedanke, dass ihm etwas zustoßen könnte, dass ich ihn verlor, war unerträglich. Irgendwo auf dieser verdammten Reise hatte ich mich in ihn verliebt. Es war nicht nur der Sex. Es war nicht nur das Verlangen. Es war etwas Ernstes.

»*Ich glaube, die Tür hat sich geöffnet und wir fielen hindurch.*«

»Fielen? Wie verdammt hart sind wir denn gefallen?« Ich spürte, wie mir fast die Tränen in die Augen schossen.

Er bewegte sich, nur ein wenig aber genug, dass ich sehen konnte, dass das zerdrückte Gewebe in seinem Gesicht glühte. *Er war geheilt.*

Es ging ihm gut. Er würde wieder gesund werden.

»Wir haben überlebt«, sagte er, diesmal bewegte er seine Lippen und sprach die Worte laut aus. »Also, ich denke, wir sollten das als einen Sieg betrachten.«

»Mir gefällt deine Einstellung«, sagte ich und strich mit meiner Hand über die unversehrte Seite seines Gesichts, während ich versuchte, mich zusammenzureißen und meine aufgewühlten Emotionen im Zaum zu halten. »Wir haben dieser verdammten Tür gezeigt, wer hier das Sagen hat.« Er gab ein gezwungenes Kichern von sich. »Ich ... ich hatte eine Vision«, sagte ich leise.

»Ich auch. Eine, die die Kraft der Panik ausgelöst hat.«

Ich nickte.

»Wir waren wieder in dem Becken im Wald.«

»Es war nicht real, Bella. Vergiss es.« Er rollte sich langsam auf den Rücken, ein erschütternder Atemzug brachte seine Rüstung in Bewegung. Da war nicht eine Delle daran. Die Wucht, mit der wir auf den Boden geknallt waren, hatte mir die Schulter und die Rippen gebrochen, aber Ares Rüstung war solide.

»Es tut mir leid, dass du deinen Helm nicht aufhattest«, sagte ich.

»Ich würde mir mit Freuden mein Gesicht zerschmettern lassen, wenn das bedeutet, dass ich dich bei jeder Gelegenheit küssen kann«, sagte er und schloss die Augen, während sich die Haut über seiner Wange und Kiefer vor meinen Augen wieder zusammenzog.

»Das ist eigentlich ziemlich romantisch«, sagte ich.

»Unter den gegebenen Umständen.« Ich beugte mich vor und drückte ihm einen sanften Kuss auf die Lippen. Ich spürte, wie die Anziehungskraft meiner Kraft nachließ, als er kurz aufglühte, die Augen öffnete, eine Hand ausstreckte und mit ihr durch die losen Locken meines Haares fuhr, die über ihn herabhingen.

»Ich bin geheilt«, sagte er leise. »Ich danke dir.« Ich bewegte mich so, dass er sich setzen konnte und nahm zum ersten Mal den Rest des Raumes wahr, in dem wir uns befanden.

Die teuflische Tür schien sich hinter uns geschlossen zu haben und wir befanden uns im Eingangsbereich einer langen Halle. Zwei Reihen von Sockeln verliefen auf beiden Seiten der Halle, beleuchtet von hellen, flackernden Flammen, die kopfüber von der niedrigen Decke hingen. Ranken und Äste bedeckten die Wände hinter den Sockeln, und das Feuerlicht ließ sie lebendig aussehen, als würden sie zielstrebig über den Stein krabbeln. Von meiner Position auf dem Boden aus konnte ich auf den nächstgelegenen Sockeln nichts erkennen. Nur, dass das, was sich in auf ihnen befand, von einer Glaskuppel umschlossen war, wie die Rose in *Die Schöne und das Biest*.

»Wir haben es geschafft. Wir sind drin«, sagte ich und stand vorsichtig auf. »Wir haben es in den Trophäenraum geschafft.«

»Bist du komplett geheilt?« Ares Stimme war voller Sorge, als er ebenfalls aufstand.

»Ja, es geht mir gut. Ich bewege mich immer betont langsam, nachdem ich einen Arschtritt kassiere. Es wird eine Weile dauern, bis ich mich daran gewöhnt habe, dass ich mich heilen kann und mich wieder erhole.«

Wut blitzte in Ares schönen Augen auf. »Ich werde

alle umbringen, die dir jemals auch nur ein Haar gekrümmt haben«, knurrte er.

Ich lachte. »Das ist sehr süß, Panzerknabe, aber die meisten von ihnen wurden dafür bezahlt in einem Kampfring zu steigen. Ich habe mich freiwillig für die Tracht Prügel angemeldet.«

»Du hast in Gruben gekämpft?« Seine Augen verengten sich.

»So in etwa, aber wie gesagt, ich wurde dafür bezahlt und es hat mir gefallen, den Leuten, die gegen mich gewettet haben, etwas zu beweisen.«

»Ist das der Grund, warum du so vehemente Ansichten über die Sklaven hast?«, fragte er leise.

»Nein, ich schere mich nur deshalb um die Sklaven, weil es grundsätzlich falsch ist, jemandem seine Freiheit zu nehmen«, sagte ich. »Hör zu, wir können später darüber reden. Lass uns diesen Zahn finden und von hier verschwinden, bevor die Könige hier auftauchen.« Ich ließ den Rest des Satzes, der mir im Kopf herumschwirrte, weg. *Erinnere mich nicht an die Dinge, die ich an dir nicht mag.* Ich wusste, dass ich mich mit den gravierenden Meinungs- und Wesensunterschieden zwischen Ares und mir beschäftigen musste. Es musste aber einen Weg geben, diese zu überwinden. Ich wusste, dass er zu Veränderungen fähig war. Er hatte mir selbst gesagt, dass ich einen Einfluss darauf hatte, wie er die Welt sah.

»Meine Schwester muss gute Arbeit leisten, sie abzulenken. Seit ihrer Warnung ist eine Menge Zeit vergangen.«

»Ja. Ich hoffe, es geht ihr gut.«

»Eris geht es immer gut. Es sind ihre Opfer, um die du dir Sorgen machen solltest.« Ares verzog das Gesicht.

»Hmmm. Da hast du nicht unrecht. Gut, wo ist jetzt dieser Zahn?«

Ich trat einen Schritt den Flur hinunter, wobei mich eine frische Welle von Zuversicht durchflutete.

BELLA

Einige der Gegenstände unter den Glaskuppeln in König Paniks Trophäenzimmer ließen die Rose in diesem Disney-Film jedoch geradezu langweilig aussehen.

»Was in Gottes Namen ist das?«, schnaufte ich und starrte auf etwas, das als menschliche Hand hätte durchgehen können, wären da nicht die Hunderte von Augen und Beinen, die überall darauf verteilt waren. Es lag regungslos auf dem Sockel, ich nahm an, dass es tot war.

»Ich habe keine Ahnung.« Ares blieb neben mir stehen, und seine Nase war gerümpft for Ekel.

Es gab viele Schmuckstücke, glänzende Edelsteine und hübsche Diademe und auch viele Waffen. Ares war besonders von einer Streitaxt aus glänzender Bronze angetan, aber ich zerrte ihn weiter den Flur hinunter.

»Wir sind wegen des Zahns hier. Wird ja nicht gierig. So werden Leute immer erwischt.«

»Wer wird erwischt?«

»Jeder. Du weißt schon, in Theaterstücken und Filmen.«

»Ich weiß nicht, wovon du sprichst.«

»Das ist doch nichts Neues. « Ich seufzte. »Wenn das alles hier vorbei ist, nehme ich dich mit ins Theater«, sagte ich zu ihm.

»Oh. Gut, dann werde ich dich auch ins Theater ausführen.«

»Ausgezeichnet«, sagte ich und warf ihm ein Lächeln zu.

Schließlich, als wir drei Podeste vom Ende der Halle passierten, erreichten wir eine Glaskuppel, die einen scharfen, vergilbten Zahn verdeckte.

»Meinst du, das ist es?«, fragte ich und schaute ihn aufmerksam an.

»Er ist auf jeden Fall groß genug.«

»Sehen wir uns die anderen an, bevor wir den falschen zertrümmern.« Mit schnellen Schritten überprüften wir die wenigen verbliebenen Trophäen. Als ich die letzten beiden Sockel erreichte, glitt etwas über meine Haut, warm und elektrisch und ich konnte plötzlich Rauch riechen. Das Geräusch von klirrendem Stahl klang in meinen Ohren und ich runzelte die Stirn.

»Kannst du das fühlen?« Es waren nicht die Könige des Krieges. Genau genommen war es gar kein schlechtes Gefühl. Kampfschreie hallten in der Ferne wider und die berittene Version von mir, mit hoch erhobenem Schwert, galoppierte durch meinen Kopf.

Ich sah Ares an, und wollte gerade meine Frage wiederholen, doch ich sah, dass sein Blick auf das Podest vor ihm gerichtet war.

In dem Augenblick, in dem mein Blick auf das Objekt fiel, keuchte ich laut auf und mein Körper füllte sich mit einer überwältigenden Welle meiner neuen Kraft.

Es war ein Helm. Ähnlich im Stil wie der von Ares,

aber die Feder war violett, und er war kleiner. Die Augenschlitze waren jedoch größer, und der Ausschnitt öffnete sich höher, so dass der Mund des Trägers zu sehen war. Ich streckte die Hand aus, als ich darauf zuging, denn ich war mir sicher, dass ich diesen Helm nicht zum ersten Mal gesehen hatte. Genau wie der Schild mit den Pferden oder *Ischyros* in seiner wahren Gestalt. *Ich kannte diesen Helm.*

»Ares?« Mein Wort kam als Frage heraus und als er mich ansah, waren seine Augen voller Schmerz und Trauer.

»Wir müssen ihn mitnehmen«, sagte er, und seine Stimme war tief und entschlossen. Trotz meiner vorherigen Beteuerung, dass wir nichts außer dem Zahn nehmen sollten, hatte ich nicht die Absicht, ihm zu widersprechen. Ich war irgendwie mit diesem Helm verbunden und in diesem Moment wollte ich nichts mehr, als ihn aus seinem Glasgefängnis zu befreien.

»Ja, okay. Aber zuerst holen wir den Zahn.«

Er nickte und wir joggten zurück zu Dentros Zahn. Eine plötzliche Dringlichkeit lag in unseren Bewegungen.

Ares erkannte den Helm auch, da war ich mir sicher.

Der Gott des Krieges zog sein Schwert und das Geräusch von Stahl auf Stahl ließ mein Herz schneller schlagen. Ich zog mein Messer aus der Stelle, wo es in dem engen Kleid zwischen meinen Brüsten verborgen war, und seufzte vor Vergnügen, als es in meiner Hand heiß wurde und sich in die großartige Waffe verwandelte, die sie wirklich war.

»Soll ich wieder bis drei zählen?«, fragte mich Ares.

»Also gut.«

»Drei, zwei, eins!«

Gemeinsam peitschten wir unsere Klingen durch die

Luft und ließen sie auf das Glas niederschmettern. Ich ließ meine Kraft in das Schwert einfließen und ließ Ares so aus der brennenden Quelle in mir ziehen, wie er wollte. Die Zeit stand still und das Klirren der Waffen gegen die Kuppel hallte durch den steinernen Raum. Dann zersplitterte das Glas in einem Schwung und verteilte sich in tausend Scherben auf den Boden. Ich streckte die Hand aus, hob Dentros massiven Zahn auf und klemmte ihn mir unter den Arm.

Ein eiskalter Luftzug wehte durch den Raum und trug ein deutliches Gefühl der Verzweiflung mit sich.

»Er weiß, dass wir hier sind«, sagte Ares und ich sprintete mit ihm in Richtung des Helms. Meine Haut begann wieder zu kribbeln, als die Luftböe stärker wurde und mein Haar und meine Röcke erfasste. Ich warf einen Blick über die Schulter, als ich den Sockel des Helms erreichte, und atmete scharf ein, als ich sah, dass sich die Luft zu einem Tornado formte. Es war Panik.

»Er ist hier«, rief ich und drehte mich um, wobei ich versuchte, mit dem rechten Arm mein Schwert zu heben und mit dem anderen den Zahn festzuhalten. Ein furchtbares Unheilgefühl durchdrang mich, als würde meine Haut die Kraft absorbieren, die von Paniks Anwesenheit ausging. Das Gefühl ließ die Visionen vom Verlust von Ares im Becken wieder vor meinem geistigen Auge aufleuchten.

Das Krachen von Metall auf Glas brachte mich zurück in die Gegenwart und ich konzentrierte mich, als Ares seine Waffe nach dem Schlag zurückzog, den er gerade gegen die Kuppel ausgeführt hatte. Das Glas war nicht zerbrochen, aber ein Riss hatte sich gebildet.

»Ich brauche dich«, rief er und der Ausdruck in seinen Augen war wild. Ich hob *Ischyros* hoch und, diesmal schlugen wir unsere Schwerter ohne Countdown auf die Kuppel. Mein Schlag war ungeschickt, aber ich kanalisierte genug angstgeladene Kraft in ihn, dass das Glas zersplitterte. Ares schnappte sich den Helm, und dann hörte ich seine Stimme in meinem Kopf dröhnen.

»Eris! Hilf uns!«

»Deine Schwester wurde festgenommen, oh Mächtiger.«

Paniks Stimme war hoch und krächzend. Alle Haare an meinem Körper standen zu Berge, als wir uns beide langsam umdrehten.

Er war nicht allein. Schmerz und Schrecken standen hinter ihm, und eine weitere Welle der Hoffnungslosigkeit brach über mich herein. Zusammen waren sie stärker als wir. Wenn es auf einen Kampf hinauslief, würden wir verlieren. Dabei hatte ich geschworen, dem prächtigen versklavten Drachen den Zahn zurückzugeben. Ich musste ihn retten.

»Du kannst die Göttin des Chaos nicht bändigen«, schnaubte Ares und jeder Anflug an Emotion war aus seiner Stimme gewichen. Er klang so, als würde er sich einen feuchten Kehricht darum scheren, was hier gerade geschah. Ich tat mein Bestes, es ihm gleichzutun.

»Ja, Eris macht, was sie will«, sagte ich.

Ein unheimliches Lächeln breitete sich langsam auf Paniks Gesicht aus. Sein Outfit war mittelalterlich. Er trug Hose, Hemd und große Lederstiefel, aber sie waren alle in moosgrünen Farbtönen gehalten.

»Jetzt nicht mehr. Ich fürchte, ihr andauernder Streit mit Aphrodite scheint sich zugespitzt zu haben.«

Verdammt. Wir saßen in der Falle. Meine Kraft war nicht stark genug dafür, dass Ares uns aus diesem Ort mit Magie herausbringen konnte. Darüber hinaus gab es keine Fenster oder Türen, außer der einen, die sie blockierten.

König Paniks Augen huschten zwischen dem Zahn unter meinem Arm und dem Helm, den Ares umklammerte, hin und her.

»Jetzt verstehe ich, warum Dentro dich hat gehen lassen«, murmelte er. »Kluger Drache. Er wird für seine Hinterhältigkeit bezahlen.« Ein Schauer lief mir über den Rücken, als die Temperatur noch weiter sank.

Ich spuckte: »Du bist ein Arschloch. Dieser Drache verdient es, frei zu sein«.

»Dieser Drache hätte nicht so unvorsichtig sein dürfen, seinen Zahn zu verlieren«, zischte Panik zurück. »Jetzt gib mir mein Eigentum zurück und wir tun so, als wäre das nie passiert. Wir kehren zum Ball zurück und verkünden das letzte Tribunal.« Er streckte seine Hand aus.

»Vergiss es.« Ich würde ihm den Zahn auf keinen Fall aushändigen. Er würde mit mir darum kämpfen müssen, ob ich gewinnen konnte oder nicht. Ich spürte eine Welle heißer Energie, die mich gegen seine kalte, beunruhigende Ausstrahlung schützte.

»Dann werden wir ihn dir wegnehmen.«

Ich warf meinen Schild hoch, als Ares in meinem Kopf sprach: »*Vertraust du mir?*«

»*Natürlich.*«

Er zog an meiner Kraft und ich überließ sie ihm.

Schlagartig spürte ich, wie meine Kraft mich verließ. Der Zahn wurde beängstigend schwer, *Ischyros* sogar noch schwerer. Ich spürte, wie sich meine Beine sich unter dem Gewicht krümmten und Paniks Augen aufleuchteten, als er merkte, dass mein unsichtbares Schild weg war. Eine Wand aus Luft prallte gegen mich und stoß mich fast um, begleitet von einem grässlichen heulenden Geräusch. Ich ließ fast das Schwert fallen und schlug mir die Hände über die Ohren, so unangenehm war es. Panik machte sich in meiner Brust breit, kroch mir die Kehle hinauf und nahm unaufhaltsam überhand.

Dann wurde ich ruckartig nach hinten geschleudert, als sich ein riesiger Arm um meine Hüfte schlang und mich herumwirbelte.

»Lauf!«, schrie Ares und rannte auf die massive Steinwand am Ende der Halle zu.

Ich tat, was er sagte und ich hätte gejammert, wie langsam ich mich bewegte, wenn mich das nicht noch mehr Energie gekostet hätte. All meine übliche Geschwindigkeit und Kraft waren weg und das Gewicht meines Schwertes und des Zahns verlangsamte mich noch mehr. Hitze flammte von Ares auf, direkt vor mir, dann brach ein Feuerball aus ihm hervor, der zweimal so groß war wie ich. Mein Mund blieb offenstehen und dann stolperte ich, und König Paniks heulender Tornado erreichte mich. Ich schrie auf und taumelte vor, fing mich aber auf Händen und Knien ab, als ich auf dem Boden aufschlug, wobei mir der Zahn und *Ischyros* aus den Händen flogen.

Ich beobachtete, wie der Feuerball explodierte, als er auf die Steinmauer traf und streckte meinen Arm vor mich aus, als ob mich das schützen könnte. Ein flammender Steinregen und brennende Rankenstücke flogen auf mich zu, trafen aber auf eine unsichtbare Wand und glitten davon ab, ohne mich zu treffen. Ich blickte atemlos auf, als Ares, der in hellstem Gold glühte, neben mir in die Hocke ging und mich auf die Füße zerrte. Ich spürte, wie die Kraft wieder in mich zu fließen begann und ich zog dankbar daran, wobei glorreiche Energie in meine

Muskeln floss. Ich griff nach *Ischyros*, während Ares sich den Zahn schnappte und rannte auf die zerstörte Wand zu. Ich folgte ihm. Ein großes Loch war in die steinerne Wand gesprengt worden.

»Bereit?«, rief er, als Panik hinter uns einen erstickten Laut von sich gab.

»Ja, zur Hölle!«, brüllte ich und wir stürzten uns aus dem Turm.

BELLA

Mein Herz schlug mir bis zum Hals, als wir durch die kalte Luft fielen. Der Regen hämmerte so stark, dass ich kaum etwas sehen konnte.

»Schutzschild!«, hörte ich Ares schreien und ich stellte mir meinen Schild mit den Pferden darauf vor und klammerte mich fester an *Ischyros*. Mit einem gewaltigen Krachen prallten wir gegen etwas, aber bevor ich herausfinden konnte, was, wurde die Welt um mich herum weiß.

Ich sog die Luft ein und sah mich verzweifelt nach Ares um. Wir waren wieder in dem düsteren Wald, noch dunkler als das letzte Mal, als wir dort gewesen waren, denn jetzt war es Nacht.

Ares stand neben mir im strömenden Regen, und seine Augen leuchteten vor Aufregung. Ich versuchte, mich auf das zu konzentrieren, was hinter ihm lag, um unsere Umgebung auszukundschaften, aber er leuchtete so hell, dass ich den Blick nicht von ihm abwenden konnte.

· · ·

»Ich hatte keine Ahnung, dass weglaufen so berauschend sein kann«, schnaufte er, bevor er auf mich zuschritt und mich kurz aber ach so leidenschaftlich küsste. Als er sich zurückzog, tanzte das Feuer in seinen Augen, und sein Blick war durchdringend. »Was kannst du mir noch zeigen, worüber ich nicht Bescheid wusste?« Er klang aufrichtig erstaunt, aber auch verdammt sexy und ich wusste nicht, ob er damit seine fehlende Unsterblichkeit, seine neu entdeckten Gefühle für mich oder einfach nur Sex meinte. Vielleicht alle drei.

»Bringen wir den Zahn zu Dentro, bevor Panik uns einholt und dann lass es uns aus diesem Wald herausfinden«, sagte ich, meine Stimme ungewöhnlich heiser.

»Bella, du hast mich dazu gebracht, alles in Frage zu stellen«, sagte er. »Alles. Bitte, sag mir, dass du weißt, dass ich mich ändern kann.« Es lag ein Flehen in seiner Stimme, das so gar nicht zu dem üblichen Tonfall des stolzen Gottes passte und mein Herz schien in meiner Brust zu schwellen.

»Ja, aber du brauchst dich nicht zu ändern, Ares. Du musst nur einige überholte Einstellungen überdenken.«

»Also... also nimmst du mir meine suboptimalen Entscheidungen in der Vergangenheit nicht übel?«

Er klang fast ängstlich und ich legte den Kopf schief. Die Intensität der Emotion in seinem Gesicht überraschte mich. Sprach er über die Art, wie er sein Reich regierte? Oder etwas anderes?

»Wir alle machen Fehler und wir können alle versuchen, sie wieder gerade zu biegen.«

»Bella.« Er sagte meinen Namen, als wäre es eine Entschuldigung, Schmerz erfüllte seine Augen und ich konnte nicht anders, als die Stirn zu runzeln, während der Regen auf uns niederprasselte.

»Was? Was ist denn los?«

»Ich möchte, dass du das weißt, Bella. Ich möchte, dass du es jetzt weißt.«

»Was wissen?« Meine Nerven lagen blank, ein ungutes Gefühl schwirrte in mir herum.

»Ich glaube, ich habe mich in dich verliebt.«

Mein Herz setzte einen Schlag aus, während ich ihn anschaute. Für eine wahrhaft selige Sekunde glitt ein Gefühl der Glückseligkeit über uns, der Regen und der schreckliche Wald und der ganze andere Mist auf der Welt, verblassten um uns herum. Es gab nichts außer ihm und dem unleugbaren Wissen, dass wir füreinander bestimmt waren. Wir waren zwei Hälften, die zusammengehörten.

Plötzlich schoss mir ein Schmerz durch den Kopf und ich schrie auf, ließ alles fallen, was ich in der Hand hielt und sank auf die Knie. Mein Schädel fühlte sich an, als würde er auseinanderbrechen und ich hörte Ares kaum über meine Schmerzensschreie hinweg.

Ein schallendes Lachen erfüllte die Luft um uns herum, bis schließlich Aphrodites Stimme zwischen den Bäumen ertönte und alles andere durchbrach.

»Liebe, ihr Süßen, ist die Zeit, in der meine Macht wirkt. Nur wenn ihr die Worte sagt, kann mein Fluch wirksam werden. Willst du sehen, worauf du dich eingelassen hast, Bella? Willst du sehen, wie grausam dein Gott sein kann?«

»Nein!«, schrie Ares, und ich hob meinen Kopf, und vor Schmerz rannen mir die Tränen übers Gesicht. Ares begann zu wachsen. Die Schnur in meinem Bauch flammte auf, als er meine Kraft aus mir herauszog.

»Ja, Ares. Wenn du sie wirklich liebst und willst, dass sie dich auch liebt, muss sie dich von deiner schlechtesten Seite sehen.«

Sein Gesicht veränderte sich. Die schönen Flammen in seinen Augen waren verschwunden, und kalte, harte Dunkelheit ersetzte sie. Die Luft füllte sich mit dem metallischen Gestank von Blut, und das goldene Leuchten um ihn herum färbte sich rot. Er war jetzt mindestens vier Meter groß und nahm mit jeder Sekunde, die verging, mehr von meiner Kraft in sich auf. Ich versuchte, den Energiefluss zu dämmen, ihn zu stoppen, aber sobald ich es versuchte, knurrte er. Es war ein unmenschlicher, schrecklicher Laut. Sein Sog wurde stärker und ich schrie frustriert auf. Etwas flackerte in seinen Augen, aber dann hörte ich Aphrodite wieder lachen und seine Iriden wurde ganz schwarz.

»Er gehört ganz dir, Bella.«

Ich zwang mich aufzustehen, und meine Kräfte schwanden schnell. Ich zog *Ischyros* mit mir, aber als ich versuchte, das Schwert anzuheben, war es zu schwer. Ein Angstschauer durchfuhr mich, als ich zu Ares aufblickte.

Seine Körpergröße hatte sich verdoppelt und sein rotes Licht warf unheimliche Schatten auf den Wald um uns herum.

»Ares, bitte. Hör auf, mir meine Kraft zu nehmen.« Ich sah nichts in seinen schwarzen Augen, was ich wiedererkannte, als er auf mich herabblickte. Er nahm das goldene Stirnband ab und es begann, sich in seinen Helm zu verwandeln, passend zu seiner neuen Größe. Ein Schwindelgefühl durchflutete mich, als er es sich über den Kopf zog, und intensiver Angstschweiß durchfuhr mich, als ich nach der Quelle der Macht in mir tastete. Sie war zu klein und sie wurde immer kleiner.

»Ares!« Ich versuchte es noch einmal, lauter. »Ares, nimm mir nicht die Kraft!«

»Deine Kraft?« Seine Stimme war laut, dröhnte und war mir völlig fremd. Er stampfte mit dem Fuß auf. Sein ganzer Körper strahlte in der Farbe des Federbusches auf seinem Helm. »Die Macht, die du ausübst, gehört mir!« Ich hatte kaum Zeit zu reagieren, als er mit seinem stiefellosen Fuß ausholte, warf mich zu Boden und rollte mich gerade noch rechtzeitig aus dem Weg.

»Ares, halt! Ich bin's!«

»Ich bin der Gott des Krieges!«, brüllte er, während der Regen gegen seine Rüstung hämmerte und er weiterwuchs, so dass er fast so groß wurde wie die Bäume um uns herum. »Du wirst dich vor mir verbeugen! Alle werden sich vor mir verneigen!« Das Geräusch von klirrendem Stahl und galoppierenden Hufen schallte durch die Luft, dann mischten sich Kanonenfeuer und Gewehrschüsse unter die Geräuschkulisse. Plötzlich wurde der Lärm von den Schreien der Sterbenden übertönt, und Männer und Frauen jammerten und weinten.

»Halt!« Meine Stimme war rau, und ich konnte die Tränen darin hören.

Das konnte doch nicht wahr sein.

Der Mann, der mir soeben gesagt hatte, er würde mich lieben, konnte nicht derselbe Mann sein, der jetzt über mir thronte und den Tod ausstrahlte.

»Ares, bitte!«

»Das ist die wahre Macht des Krieges«, brüllte er. »Du bist ihrer nicht würdig. Sie muss zu mir zurückkehren.« Seine Stimme war ein wildes Knurren, während seine kalten, toten Augen auf mich gerichtet waren und ich keine Zweifel hatte, was er als nächstes tun würde. Müdigkeit zerrte an meinen Gliedern, dunkle Flecken zogen über meine Sicht, und der rote Nebel war nirgends zu sehen. Ich hatte nicht mehr genug Kraft, um gegen ihn zu kämpfen.

Ich fühlte mich, als würde meine Brust gespalten, obwohl es keine physische Wunde war. Es war so viel schlimmer. Die Verbindung zu Ares, die in mir heller gebrannt hatte, je länger ich mit ihm zusammen war, war weg. Alles, was blieb, war das ekelhafte Gefühl, dass er mir die Kraft raubte. Ich erkannte, dass es zwei Stränge, zwei Verbindungen gab, und meine Augen brannten. Eine war die Kraft, die direkt in die brennende Quelle der Magie lief. Aber die andere, jetzt leblos, lief direkt zu meiner Seele.

Ein Schluchzen kämpfte sich aus meiner Kehle hervor. Ich würde fliehen müssen, bevor der Mann, in den ich mich verliebt hatte, versuchte, mich zu töten.

Fast blind drehte ich mich um und spürte, wie der Boden unter meinen nackten Füßen bebte, dann hörte ich das Geräusch von Holz, das auseinandergerissen wurde.

»Enyo.« Die Stimme gehörte nicht zu Ares. Ich fuhr herum, und sah Dentro, der sich aus dem Wald um uns herum materialisierte. Sein mit Rinde bedeckter Körper schlängelte sich um Ares, und sein Kopf flog tief über den Boden und stoppte, als er den gefallenen Zahn erreichte. »Du hast dein Wort gehalten«, sagte er mit weicher, satter Stimme. Grünes Licht blitzte hell auf, als der gigantisch große Kriegsgott sein Schwert auf Dentros Körper niederprasseln ließ.

Der Drache zischte, zog sich schnell zurück und peitschte seinen schlangenförmigen Schwanz durch die Bäume um uns herum, die er mit einem gewaltigen Krachen fällte. Ares hatte jedoch bereits das Interesse an dem Drachen verloren. Seine schrecklichen Augen waren wieder auf mich gerichtet.

Ich drehte mich wieder um, um wegzurennen, stolperte aber als der Zug an meiner Kraft stärker wurde. Ich hatte nicht mehr genug Kraft. Ich hatte wahrscheinlich nur noch Minuten, bevor ich ohnmächtig wurde und dann sterben würde. Ares würde mich sterben lassen. Er würde mich töten. Der Gedanke daran war unerträglich und es fühlte sich an, als hätte sich all die Liebe, die ich gerade noch gespürt hatte, jetzt in Säure verwandelt, die mir durch den Körper strömte.

Ich spürte etwas Hartes gegen meinen Oberkörper und meine Sicht verschwamm, als ich versuchte, dagegen anzukämpfen.

»*Ich bin es, Wilde*«, erklang Dentros Stimme in meinem Kopf und ich hörte auf, mich zu wehren, als ich vom Boden hochgehoben wurde.

Ich blinzelte durch den Regen. Mein Atem stockte und mein Herz blieb fast stehen, als Ares durch die Nacht stürmte. Sein Schwert war so groß wie ich, und sein Gesicht voller Mordlust. Dentro zog mich aus Ares Reichweite und sein Schwanz schlängelte sich fester um mich. Durch meine verschwommene Sicht sah ich, wie sich die Flügel des Drachens ausbreiteten. Massiv, gespannt und mit einem warmen Luftstoß sprang die mächtige Kreatur vom Boden.

Ares stieß einen weiteren Schrei aus, diesmal vor Wut, als wir an Höhe gewannen. Mein Kopf schwirrte, dann zerriss Schmerz meine Eingeweide. Die Schnur, die meine Kraft mit Ares verband, stand plötzlich in mir in Flammen. Ich schrie, unfähig zu denken und war blind vor Schmerz. Unter mir schrie Ares noch lauter. Dann flutete all meine Kraft zu mir zurück, und ich öffnete meine Augen und rang nach Atem, als alles um mich herum schärfer und intensiver wurde. Meine Sicht war rot verfärbt, als sie sich klärte und plötzlich konnte ich sehen, wie der Wald unter mir kleiner wurde und wir höher stiegen, der Regen kalt und hart.

»Bring mich zurück!«

»Nein. Er wird dich töten.«

»Ich bin wieder stark, bring mich zurück!« Ich schrie und kämpfte gegen den Schwanz des Drachens.

»Du bist wieder stark, weil du zu weit weg bist, als dass er dir deine Kraft entziehen könnte. Wenn du zurückgehst, wird er dich auszehren und dich töten.«

Ein unterdrückter Schrei verließ meine Kehle und ich schlug meine Faust gegen Dentros Rindenkörper. Verzweiflung durchströmte mich, und der Schmerz in meiner Brust war unerträglich.

»Ich liebe ihn«, schluchzte ich. »Ich kann ihn nicht verlassen. Ich habe mir geschworen, ihn nie wieder zu verlassen.«

»Es tut mir leid, Wilde. Ich kann dich nicht zurückbringen.« Die Stimme des Drachens war voller Trauer.

»Was hat sie ihm angetan? Was hat diese verdammte Hexe getan? Das ist nicht er!«

»Die Göttin der Liebe ist eine furchterregende Göttin, wenn man sich mit ihr anlegt, aber wenn du Ares wirklich liebst, werde ich dir helfen, den Fluch aufzuheben.«

»Das tue ich. Ich liebe ihn wirklich. Ich werde alles tun. Bitte, wir müssen ihn retten.«

Mit einem weiteren markerschütternden Schluchzen ließ ich von allen Zweifeln ab und erlaubte der Realität, mich vollständig zu überfluten, während der Drache durch den Regen schwebte.

. . .

Ich liebte Ares und ich würde alles tun, um ihn zurückzubekommen.

DANKE FÜRS LESEN!

Vielen Dank, dass du »Der Gott der Kraft« gelesen hast. Ich hoffe, es hat dir gefallen! Für eine Rezension wäre ich sehr dankbar! Sie sind unsagbar wichtig für Autoren. Klick einfach hier und hinterlasse ein paar Worte, um mir den Tag zu versüßen :)

Du kannst das nächste Buch, »Der Gott des Goldes«, hier vorbestellen.

Um exklusive Einblicke auf neue Titelbilder und Ideen zu erhalten, plus kostenloser Kurzgeschichten und Hörbücher, kannst du dich für meinen Newsletter auf elizaraine.com anmelden.